믿지도 않을 거면서

문경룡

믿지도 않을 거면서

차 례

제1장 ... 001

　　　　혼자라도,

　　　　혼자라서 견딜만한 지금

제2장 ... 023

　　　　가져본 적 없는 내가,

　　　　가진 자의 마음을 얻는 법

제3장 ... 045

　　　　책임을 다 한 사람과

　　　　임무를 다 한 사람

제4장 ... 063

　　　　내 처지가 당신에겐

　　　　그럴 듯한 사연이 된다

제5장 ... 081

      애를 쓴다면 달라지는 건 있겠지

제6장 ... 095

      잃을 것이 없어서 두려울 것도 없다면

제7장 ... 115

      가여움을 들키면 약점이 된다

제8장 ... 135

      잃어버린 걸까, 사라진 걸까, 떠난 걸까

마지막 장 ... 143

      외로움에 너를 잊었고,

      즐거움에 너를 찾는다

작가의 말 ... 157

제 1 장

혼자라도,
혼자라서 견딜만한 지금

터져 나온 물줄기는 손 쓸 겨를도 없이 급하고 세차게 쏟아졌다. 얼른 싱크대 수전 손잡이를 아래로 내려 물을 잠갔다. 유정은 몸을 비켜선 채 티셔츠를 이리저리 흔들어 물기를 털었다. 머리맡에 걸린 마른 행주를 재빨리 걷어 옷 위의 물기를 꾹꾹 눌러 없앴다. 이번엔 손가락에 힘을 빼고 손잡이를 조금씩 들어 올렸다. 그 힘에 비례라도 하듯 물줄기는 희미한 소리를 내며 떨어졌다. 유정은 하얀 속살을 드러낸 양파가 담긴 플라스틱 바구니를 허리까지 들어 올려 싱크대 위에 두었다. 그리고는 양파들을 순서 없이 집고, 두 손을 반대로 비틀며 소리 나게 씻었다.

 찬욱은 방 밖에서 들리는 인기척에 잠에서 깼다. 한 평이 될까 싶은 좁은 방, 그 삼면의 벽에는 밖을 내다볼 수 있는 창조차 없었다. 대신 방문 위 조그맣고 반듯한 모양의 유리창을 통해 비치는 빛의 정도에 따라 대충의 시간은 계산되었다. 뿐만 아니라 창에 서리는 이슬을 통해 주방의 기온, 더 나아가 가게 문을 열고 나가면 느껴질 바깥의 기온까지 찬욱은 짐작할 수 있었다. 남들은 말도 안 된다며 비웃겠지만 찬욱에겐 가능했다.

 '오늘은 좀 더 누워 있어볼까? 비오는 날이라 아침부터 가게를 찾는 손님들은 덜 하겠군', 방문 창틈을 통해 들어오는 찬 기운을 맡으며, '주방의 온도를 거쳤을 텐데도 방안까지 들어오는 이 공기에 코끝이 시릴 정도면 오늘은 얼큰한 국물 음식을 내놔야겠네'를 결정할 정도니, 새벽마다 간신히 눈을 떠 이불 안에 좀 더 머물 핑계를 찾은 시간들이 마냥 헛된 것은 아닌 셈이다.

찬욱은 담요 밖으로 발을 빼 주변을 더듬었다. 놋으로 만들어진 주전자와 플라스틱 컵이 이리저리 훑어대는 그의 발에 부딪히며 시끄러운 소리를 냈다. 그는 다리를 좀 더 길게 빼 반대쪽으로 움직였다. 발가락 끝에 얇은 줄 하나가 걸렸다. 움직임을 천천히 하며 엄지와 검지발가락 사이에 그 줄을 끼웠다. 몇 초간 움직임이 없다가 찬욱은 갑자기 힘찬 콧바람을 내쉬며 무릎을 자신의 가슴까지 힘차게 끌어 올렸다. 밤새 줄에 연결된 채 충전되던 휴대전화가 허공으로 오르더니 찬욱의 손 언저리로 떨어졌다. 그는 눈을 뜨지 않고 휴대전화 전원을 켰다. 엄지손가락을 두어 번 움직이니 통화가 가능했다.

"잠도 모자랄 텐데 집에서 좀 더 누워있지 그랬어. 왜 이렇게 일찍 온 거야, 내 새끼. 언제 왔어?"

목이 잠겨 소리를 내기 힘들었는지 찬욱은 몸을 일으켜 앉았다. 발밑에 있는 주전자를 집어 들곤 물을 급히 들이켰다.

"아빠. 방금 물소리에 잠에서 깬 거야? 조심한다고 했는데….”

찬욱은 분명 전화기에 대고 조용히 물었지만 대답은 방문 밖에서 크게 들렸다. 그는 아예 휴대전화를 뒤집어 송화기만 사용할 작정으로 유정과 대화를 이었다.

"오늘 새벽에 일 있다고 하지 않았나? 예식장 아르바이트 간다면서."

여전히 양손으로 양파를 씻고 있는 유정은 왼쪽 어깨와 뺨 사이에 휴대전화를 낀 채 대답을 했다.

"응. 가서 마저 하면 돼요. 홀에 놓을 꽃들은 어젯밤에 미리 해 놨고, 오늘은 테이블과 주례석에 놓을 꽃들만 만지면 되니까 그리 급할 건 없어. 오늘은 공사장 인부들 먹을 점심으로 제육볶음 하실 거죠? 양파랑 대파, 쪽파 다듬었고 생강도 까놨어. 냉장고 열어서 물러진 호박이랑 당근, 손질해서 채 썰어놨으니까 볶아서 쓰시든 다른 음식 고명으로 얹든 알아서 하시고."

"어이구. 내 딸내미가 그것까지 해놨어? 그럼 아빠는

좀 더 누워 있어도 되겠네. 고마워서 어째."

유정은 통화하는 내내 수화기에서 들리는 여름 홑이불의 부스럭거리는 소리에 찬욱의 말을 잘 알아들을 수가 없었다. 찬욱은 다시 자리에 누워 이불을 다리에 감고 몸을 이리저리 굴리고 있었다.

"내가 양파도 좀 썰어놓고 나갔으면 좋았을 텐데. 오늘 일 가는 데 지각하면 안 될 것 같아 버스 안에서 메이크업 하고 아이라인까지 그렸거든. 양파 썰면 눈물 때문에 라인이 번질 것 같아서, 그럼 메이크업 몽땅 다시 해야 한단 말이야. 대신 오늘 아침, 식사하러 오시는 기러기 아빠들에게 줄 국은 내가 끓여놓고 나갈게요. 아빤 눈 좀 더 붙여, 알겠지?"

유정은 서둘러 대화를 정리하고 본격적으로 일을 해볼 작정이었다. 그녀가 움직임을 편히 하기 위해 소매를 걷으려고 하는 순간, 방안에 있던 찬욱이 문을 활짝 열었다. 얼마나 힘껏 열어젖혔는지 삐그덕 소리를 내며 열린 방문은 반대편 손잡이가 바깥벽에 부딪혀 다시 되돌아

닿힐 정도였다. 유정은 깜짝 놀라 허리를 곧추 세웠고, 어깨에 올려져 있던 휴대전화는 그녀의 발등 위로 떨어졌다.

"아빠! 그렇게 급하게 문을 열어버리면 어떡해!"

유정은 젖은 손으로 바닥에 떨어진 휴대전화를 얼른 집었다. 티셔츠 아랫부분을 잡아당겨 액정을 닦느라 정신이 없었다. 찬욱은 문턱에 앉아 아무 말도 보태지 못한 채 유정을 내려다 봤다.

"내가 더 주무시라고 했잖아. '전화 끊고 아빠랑 밖에서 이야기 하자'라는 언질을 주고 문을 열던가 해야지. 그렇게 갑자기…."

유정은 휴대전화를 이리저리 돌려가며 혹시나 깨진 곳이 없는지 살피더니 고개를 들어 자신을 바라보고 있는 찬욱을 보며 말했다.

"그리고 말 나온 김에 한 마디 더 할게. 전화기는 항상 켜 놔. 필요할 때만 전원 켜서 통화하고 걸려올 전화 없다고 아예 전화기 꺼버려 두면, 그게 공중전화지 휴대전화야? 내가 필요할 때 전화는 걸겠지만 걸려오는 전화는 받을 생각이 없다는 건데, 그렇게 하시면 아빠는 편하겠지만 상대방은 너무 불편해. 그건 나뿐만 아니라 상대를 무시하는 거야. 전화도 소통이라고. 서로의 생각을 말하고 조절할 일 있으면 편히 하라고 전화를 사용하는 거지, 할 말만 하고 전화기 전원을 꺼버리는 건 전화 불통, 소통 불통 그리고 관계 유지의 거부라고 볼 수밖에 없어."

찬욱은 뭐라고 변명할 틈도 주지 않고 자신을 면박하는 유정의 말이 끝나기를 기다렸다. 왜 자신이 방문을 급히 열어 유정에게 이런 잔소리를 듣고 있는지 이유를 생각해야 했다.

"아. 오늘 기러기 아빠들 줄 아침 식사는 준비 안 해도 돼. 월요일부터 금요일 아침은 기러기 아빠팀, 월요일부터 토요일 점심은 요 앞 공사장 인부들 점심. 오늘은 토요일 아침이잖아. 오늘 오전에 일이 좀 한가로워서 요 앞 뭐시냐. 저기 저, 앞 시장 반찬가게 좀 가려고."

찬욱은 분위기를 바꿔볼 의향으로 쓸데없이 목소리를

띄우며 양 손바닥으로 옆머리를 연신 쓸어 넘겼다. 산발된 머리는 그의 손바닥이 움직이는 방향대로 대충 정리됐다. 그는 방 문턱에 걸터앉아 한쪽 발로 구겨진 신발을 찾았다. 어정쩡하게 발기되어 한쪽으로 늘어진 그의 아랫도리가 벌어진 속옷 앞부분으로 거뭇하게 보였다.

"어이구야. 새벽부터 나와서 하느라고 욕 봤겠네. 이렇게나 많이 해놨어? 화장 이렇게 예쁘게 하면 뭘 해. 옷에 냄새가 다 배었겠네. 괜찮겠어?"

찬욱은 유정의 기분을 풀어주려 익살스런 표정을 지으며 다가갔지만 유정은 그를 올려다보다 이내 얼굴을 찌푸렸다.

"아빠. 내가 깨끗하게 빨아서 서랍장에 넣은 멀쩡한 속옷들이 얼마나 많은데, 그런 속옷들 언제 다 입으려고 이렇게 늘어진 걸 입고 있어? 챙겨주는 사람 하나 없는 줄 알겠어. 누가 보면 나를 욕해요, 아빠. 어떻게 입고 다니셨길래 허리춤이며 양 가랑이 닿는 부분까지 이렇게 늘어졌을까? 기저귀 입은 것 마냥, 아주 눈 뜨고는 못

봐 주겠다. 그나저나 이렇게 속옷이 늘어났는데 더 내려가지 않는 걸 보면 참 신기하다. 오늘 속옷 갈아입을 때 그건 세탁기에 넣지 말고 쓰레기통에 버려. 걸레로도 쓰지 마, 알겠지?"

찬욱은 억울하다는 듯 볼멘 목소리로 말했다.

"야! 네가 표백제에 오래 담가놔서 그렇지. 그러니까 고무줄이 다 삭아버렸잖아."

유정은 생각지 못했다는 듯 잠시 머뭇하더니 뭔가 떠올랐다는 듯 표정을 바꾸곤 물었다.

"아빠 요즘 무슨 영양제 드시는지 물어봐도 돼? 약의 가짓수가 많아서인가, 아님 성분이 독해서 그런가? 얼마 전부터 속옷 앞에 묻은 얼룩이 좀처럼 안지워지더라고, 색도 진하고. 그래서 표백제에 오래 담가놓으면 괜찮겠다 싶어서 했는데 그렇게 될 줄은 몰랐어."

찬욱은 유정이 자신의 말에 수긍하는 듯하자 좋은 방법이 있다는 듯 말을 꺼냈다.

"그러니까 옷은 표백제에 오래 담가놓는 게 아니야.

화학작용으로 색깔 빼는 게 얼마나 독한 작업이겠어. 그러니 얼룩도 잡아내지만 멀쩡한 옷감까지 함께 잡아먹는 거야. 또 냄새는 오죽 독하고. 그러니까 칫솔에 세제만 살짝 묻혀서 문질러 놓은 다음, 몇 시간 있다가 삶아서 세탁하면 소독도 되고, 옷도 안 상해."

유정은 찬욱을 보는 일 없이 씻고 있던 야채를 마저 정리하며 말했다.

"돌아가신 엄마는 그렇게 하셨어? 아빠가 그렇게 해달라고 말은 해 보셨고?"

찬욱은 천천히 고개를 가로저었다.

"엄마한테도 요구하지 못하신 걸 왜 나보러 하라는 건데? 그리고 내가 아무리 하나밖에 없는 아빠 딸이라고 해도, 우리가 제 아무리 베프처럼 친하다고 해도 그렇지. 어떻게 그걸 해달라고 하니? 아빠가 속옷 앞부분만 칫솔질해서 세탁 바구니에 넣어줘. 그럼 내가 모아서 삶아보긴 할게. 아빠 때문에 나, 남자에 대한 환상이 마구 사라지려고 해. 나 시집도 가기 전에 아니 변변한 연애도 하기 전에 남자들의 그런 것까지 먼저 알아가고 싶진 않아."

역시나 딸에게 핀잔을 들은 찬욱은 신발을 신은 채 무릎으로 기어 방구석에 벗어놓은 반바지를 집어 입었다. 그리곤 식당 문을 활짝 옆으로 밀어 열었다. 울고 있는 매미소리가 작정한 듯 쏟아져 들어왔다. 찬욱이 밖으로 나가려고 하자 유정은 그를 불러 세웠다.

"아빠, 내 주머니에 열쇠 있어. 나 손에 물 묻어서 아빠가 꺼내 가져가요. 지금 화장실 가실 거 아니야?"

찬욱은 히죽거리며 손가락 두개를 그녀의 주머니에 넣었다. 이내 건물 밖으로 돌아나가 몸을 깊게 숙여야 들어갈 수 있는 작은 문을 열었다. 잠시 뒤 찬욱은 물이 넘칠 듯 담긴 큰 양동이를 들고 나와 가게 앞 바닥에 시원하게 뿌렸다.

"이렇게 물을 앞에 뿌려놓고 문을 열어야 먼지가 안으로 안 들어오지. 사람들이 지나다니기만 해도 흙먼지가 얼마나 날리는데. 유정아, 이제 아빠 정신 들었으니까 너는 일보러 나가, 얼른."

방으로 들어간 유정은 대답없이 찬욱이 펴고 덮은 이불들을 정리하고 있었다. 찬욱의 말을 듣지 못한 건지, 들었지만 무시했는지는 알 수 없었다. 유정은 고개를 돌려 찬욱을 돌아보며 크게 말했다.

 "당분간 주말에는 예식장, 돌잔치 아르바이트 때문에 이런 식으로 밖에 못 도와드려요. 저녁에 설거지는 도와드릴 수 있으니까 대충 정리해서 쌓아놓기만 해, 알겠지? 그리고 날씨도 더워졌는데 이제 집에 들어와서 주무시지 그래요. 이렇게 좁은 방, 답답하지 않아? 매번 화장실 가려면 건물 밖으로 나가야 하고. 아빠 편하게 지내자고 이렇게 고생하며 돈 버시는 거지, 나만 편히 아파트에서 지내는 거 불편해. 그리고 나 빨래해서 여기까지 나르는 것도 귀찮단 말이야. 집에 좋은 옷들 많이 있는데 그런 것 다 놔두고 이렇게 하나같이 후줄근한 옷만 입고. 정말 속상해."

 유정은 찬욱이 벗어놓은 옷들을 정리하며 투덜거렸다.

◇

'다함께 백반'

끝나가는 여름이라지만 그래도 여전히 뜨거운 햇볕 때문인지 찬욱의 가게 앞 놀이터에는 사람이 없었다. 찬욱은 놀이터에 가만히 서서 건너편에 있는 자신의 식당 간판 '다함께 백반'을 한 글자씩 천천히 읽었다. 아직은 뭔가 조치가 필요할 정도로 간판의 상태가 나쁘진 않아 보였다. 이제 식당으로 전화를 거는 사람이 없기에 아니 전화기를 없앤 지 오래 되었기에 간판에 새긴 전화번호를 지워야하나 잠시 고민했다. 은행 일을 볼 때 혹은 가끔 들어가는 집 현관 비밀번호로 사용하고 있는 식당 전화번호를 더 나이 들어 잊지 않으려면 남겨둬야 할 것 같았다. 찬욱은 자신의 가게를 사이에 두고 양 옆 즐비하게 들어 선 상가들의 네온사인들을 보며 잠시 머뭇했다. 이십여 년 꾸려온 이 식당을 동네 사람들이 모를 일은 없을 것이고, 새로운 손님들을 기대하는 것도 아니기에 멋들어진 새 간판을 달아보자는 생각은 잠시 접어두기로 했다. 고개를 돌려 놀이터 주변을 살폈다. 지난 밤 놀이터에서 몇몇 사람들이 술을 마셨는지 과자 봉지와 빈 소주병이 모래 위에 반쯤 파묻혀 있다. 시소 끝 의자에 걸린 교복 상의를 걷어 들춰 보았다. 근처 공업고등학교의 교표를 확인했지만 학생들이 이 소주를 마셨다고 단정 지을 순 없다. 그는 교복 상의를 주워들고 주변 쓰레기를 주섬주섬 손에 든 채 자신의 식당 안으로 들어갔다.

이십여 분을 걸어 아파트 주차장에서 차를 꺼내 와야 하나 찬욱은 잠시 망설였다. 뒷주머니에서 두꺼운 반지갑을 열었다. 장을 봐야할 목록들이 빼곡히 적힌 종이를 펴 한동안 들여다보더니 몸을 돌려 마을버스 정류장으로 향했다. 평일이면 사람들로 가득 찼을 버스는 에어컨 냉기가 바로 그의 어깨로 직접 내려와 시릴 만큼 텅 비었다. 시끄러운 음악과 정류소 안내멘트가 번갈아 나오더니 곧 시장에 도착했다. 그는 버스에서 내리자마자 한눈팔지 않고 곧바로 시장 안으로 들어갔다. 몇몇 상인들과 눈인사를 나누더니 흥정하는 일없이 야채들을 구입했다. 알아서 많이 넣었다는 상인들의 말에 일일이 고맙다는 말은 하지 않았다. 물건을 파는 그들도 그것들을 사는 찬욱도 예의를 갖추지 않는다고 서운한 마음을 갖거나 기분 상해하는 표정은 아니었다. 양손에 쥐고 있던 비닐봉지들을 옆에 내려두었다. 그리곤 다시 지갑을 꺼내 사야할 것들이 더 남았는지 메모지를 꺼내 살폈다. 이내 고개를 갸우뚱거리며 비닐봉지 안을 벌려 들여다봤다. 메모지 몇 군데를 손톱 끝으로 눌러 이미 산 물건들은 목록에서 지웠다.

"메모를 해놔도 까먹으니 원."

찬욱은 못 말리겠다는 듯 한숨을 쉬며 걸어 나온 길로 다시 되돌아갔다. 그리곤 반찬 가게 안으로 들어갔다.

"전화로 어제 주문한 거, 오늘 가지러 오겠다고 일러

됐는데. 주인아줌마 어디 가셨나?"

그를 마주하던 여자는 주방으로 들어가 주인을 불렀다. 주방에서 달려 나온 주인 여자는 앞치마를 이리저리 흔들며 반갑게 찬욱을 맞았다.

"오셨네. 어제 전화 받자마자 다 준비했어. 조금 짜게 무쳐놨으니까 손님한테 내놓을 땐 양배추랑 오이 적당히 썰어서 충분히 넣어. 그리고 참기름 한번 쉬익~ 두르면 꼬스름한 맛도 나고 달짝지근하고 좋아. 오래 두고 먹을 거면 먹으려고 할 때 조금씩 꺼내서 무쳐 먹어. 미리 넣어두면 물 생기니까. 알겠지? 그리고 때마침 옆 정육점에서 고기 좋은 게 싸게 들어왔다고 해서 양념 좀 세게 해서 재워놨어. 거기에도 양배추랑 파랑 많이 넣고. 그래 당면도 좋겠다. 당면 푹 삶아서 물 빼놓고 있다가 고기 다 구워지면 그 때 훅 넣고 볶아. 면이 나들나들 투명해질 정도로 익었다 싶을 때 그때 불 끄고 통깨 휘리릭 둘러서 손님들한테 내줘, 알겠지?"

찬욱은 그저 웃었다. 주인 여자는 일주일에 한번 와선

몇 주일 치 반찬을 사가는 찬욱이 몹시 궁금했었다. 옆 동네에서 작은 식당을 하고 있단 그의 말을 듣고 주인 여자는 찬욱을 대하는 행동이 달라졌다. 직장을 잃고 뒤늦게 시작한 일이 식당이라고 생각한 모양이었다. 몇 마디 이야기를 나누곤 홀아비인 것을 눈치 챘는지 알아서 찬욱의 주머니 사정을 생각해 반찬도 눌러 담고, 손수 손님들 내어줄 반찬도 구상해 만들어 준다. 반찬을 짜게 만들어 주면 덜어서 야채들을 넣고 양을 키워가며 간을 맞추라는 것도 그녀의 아이디어였고 아예 그 야채를 반찬과 함께 비닐에 싸 주기도 했다. 중년의 남자가 부인 없이 혼자 식당을 하겠다고 작정한 그 마음부터가 그녀에게 동정을 느끼게 했다. 물가에 내놓은 아이마냥 아니 등불 없이 밤에 먼 산을 오르겠다고 하는 나그네를 보는 것 마냥 한없이 안쓰러웠고, 무사히만 돌아온다면 그것만으로도 고맙고 장하게 느끼는 듯 보였다. 찬욱이 반찬 가게 문을 열고 들어올 때면 그렇게 반갑고 기특한 마음이 드는 그녀였다.

"사장님 보면, 얼마 전 올케언니 저 세상 보낸 우리 친정오빠 보는 것 같아."

반찬 가게 주인 여자가 찬욱에게 여러 번 했던 말이다. 주인 여자의 이런 마음처럼 동네 사람들 또한 찬욱에게 동정을 느끼며 도와준 덕에 짧지 않은 세월 동안 백반 가게를 하며 버텨왔다. 가게를 시작한 지 2년, 유정이 두 살 되던 해 갑자기 아내를 사고로 잃고 3주간 식당문을 닫은 후론 여태껏 휴일 없이 식당을 운영했다. 반찬을 도맡아 만들던 아내가 없자 그는 동네 반찬 가게를 돌며 싼 값에 찬거리들을 조달받았다. 혼자의 몸으로 식당을 오래 운영하려면 굵직한 요리들은 자신이 도맡아 하더라도 자잘한 반찬까지 신경쓰려니 쉽게 지쳐버릴 것 같았다. 처음 식당을 준비하며 미리 배워놓은 음식들도 있었지만 찬욱과 딸 유정이의 처지를 가엽게 여긴 동네 주민들의 불평 없는 기다림으로 맛을 내는 실력도 기를 수 있었다. 이젠 그의 음식을 먹고 자란 아이들이 애 엄마가 되어 먼 동네로 이사를 갔지만 찬욱의 손맛이 생각나서 들렀다는 말을 들을 정도면 나름의 음식 맛은 인정받은 셈이다.

 열한시 반이 되자 스무 명 가량의 공사장 인부들이 가게로 들어왔다. 그들은 오래된 하숙집 사람들 마냥 냉장고를 열어 물통을 챙겨 식탁으로 가져갔고, 쌓아놓은 컵들을 집어 의자가 놓인 자리 앞에 하나씩 올렸다. 물을 한잔씩 들이키더니 가게 중앙에 놓인 흰 접시를 하나씩 들고, 그 옆에 놓인 갖가지 반찬들을 먹을 만큼 덜었다. 넓은 쟁반에 밥과 김치 그리고 여러 반찬들이 지저분하게 담겼다. 그들은 말없이 자리로 가져가 먹었다. 찬욱은 국그릇 네댓 개가 올려진 스테인리스 쟁반을 들고 나와 부지런히 인부들에게 날랐다. 그들은 융숭한 대접을 바라지도 않았고 반찬의 맛과 양에도 불만을 삼지 않았다. 그들은 식사를 마치고 종이컵을 꺼내 이름 없는 싸구려 커피믹스를 탔다. 여러 번 휘~ 젓더니 입에 털어넣곤 말없이 나갔다. 그 폭풍 같은 장면은 이십여 분도 되지 않았다. 뒤늦게 식사를 하던 한 남자는 나가면서 식사를 한 인원들의 수를 말했다.

"B팀은 열두시에 스무 명, 오늘은 C팀까지 있어요, 열두시 반에 열일곱 명. 인원만 체크해서 장부에 적어두세요."

찬욱은 앞치마에서 수첩을 꺼내 간단히 기록하고 십여 분 뒤에 맞을 인부들을 위해 다시 식탁 정리를 시작했다.

제 2 장

가져본 적 없는 내가,
가진 자의 마음을 얻는 법

높은 아파트들이 즐비해서인지 건물들 틈을 비집고 들어오는 바람이 여간 시원한 게 아니었다. 큰 나무가 드리워져 만든 머리 위의 그늘이 필요 없게 느껴질 정도였다. 유정이 두 손으로 쥐고 있던 유모차에서 진동이 느껴졌다. 손잡이에 걸어놓은 기저귀 가방을 뒤져 휴대전화를 확인했다.

 [유정 씨, 미안해. 공판장 사모님들 모임이 조금 늦게 끝나서. 미리 연락한다는 걸 잊었네. 벌써 나와서 기다

리고 있는 건 아니지? 아기랑 밖에서 기다리지 말고 가까운 찻집에 들어가서 기다리고 있어줘. 곧 끝나가니까 출발하면서 전화할게. 이 메시지 들으면 찻집 이름이랑 주소 문자로 보내주고, 알겠지?」

유정은 현재 교제하고 있는 남자 친구, 현철의 어머니가 남긴 음성 메시지를 들었다. 하지만 답장을 보내는 것 대신 무릎을 굽혀 유모차 안의 아기를 들여다보며 말했다.

"네 외할머니가 또 늦으신단다. 찻집에서 기다리라는데, 커피 값도 챙겨주지 않으실 거면서 또 저러신다. 우린 그냥 여기 산책이나 하면서 할머니 기다리자, 알겠지?"

유정은 대수롭지 않다는 듯 공원 의자를 찾아 앉았다. 역시 오늘도 급한 약속이 있다며 아기를 서너 시간만 맡아주면 된다고 다급한 목소리로 전화를 걸어 왔다. 삼사십 분 늦게 도착해서 그 초과시간에 대한 지불은 언급조차 않을 거라는 것도, 그래서 지장이 생기지 않게끔 한 시간 정도의 여유를 두고 다음 약속 시간을 정하는 것도 현철 어머니를 통해 터득했다. 실내에서 기다리겠다고 하면 그녀가 안심하고 더 여유를 부릴 거라는 것을 유정은 어렵지 않게 예상할 수 있기에 일부러 확인 문자를 보내지 않았다. 가방에서 물티슈를 꺼냈다. 아기의 손과 발을 깨끗이 닦아주곤 휴대전화를 들여다보며 현철 어머니를 기다렸다. 그녀는 만나기로 한 시간보다 삼십여 분이 늦은 시간에 원래 만나기로 했던 약속장소로 도착했다.

"늦어서 미안해. 오래 기다렸지? 시원한 찻집에 들어가 기다리라니깐. 음성 메시지 못 들었어?"

유정은 곤란했다는 듯 얼굴을 잔뜩 찌푸리며 대답했다.

"어머님 말씀대로 커피숍에 들어갔어요. 그런데 아기가 답답했는지 갑자기 짜증을 내고 하도 울어서 있을 수가 있어야죠. 대신 여기 공원 산책을 했어요. 그래도 오늘은 바람이 선선하게 불어서 다행이었어요."

현철 어머니는 무릎을 굽혀 아기를 유모차에서 꺼내 안았다. 눈을 맞추며 소리 내어 아기를 어르기 시작했다.

"오늘 뭐하고 놀았어? 밥이랑 다 챙겨 먹였고?"

"네. 주시고 간 것들 다 먹였고요. 백화점 파우더룸 가서 손발이랑 다 씻겼어요. 기저귀도 방금 갈았고요. 백화점 안에 서점이 있길래 책 몇 권 읽어줬어요. 이제 말을 시작하려나 봐요. 무슨 말을 하긴 하던데 의미는 잘 모르겠고…. 아, 어머니는 오늘 모임 즐거우셨어요?"

현철 어머니는 푸념하듯 말했다.

"사모님들 남편 자랑, 자식 자랑 들어주느라 정신없었지. 다들 시집, 장가 잘 보내더니 지 자식 며느리들이 다 해외로 여행을 보내줬나 봐. 가까운 데 말고 유럽이랑 오세아니아 주 같은 데 있잖아. 비행기 열 몇 시간씩 타고 가는 데, 그런 데 간 이야기들이랑 사진들 보고 있으면 세 시간도 모자라. 나처럼 딸년 애기 봐주느라 온 삭신이 쑤시는 사람은 나밖에 없는 것 같더라. 참 내 딸한테 행여나 오늘 유정 씨한테 아기 부탁하고 모임 다녀온 얘기, 말 하면 안 되는 거야. 알겠지?"

유정은 손사래까지 치며 말했다.

"그럼요. 언니가 워낙 바빠서 저 만날 시간도 아니 전화할 시간도 없어요. 그리고 사모님들 너무 부러워하시지 마세요. 그 분들도 다 손주들 봐주시느라 고생들 하실 거예요. 사실 자랑할 일도 아닌데다 누가 묻지도 않으니까 말하지 않는 거죠. 어머니도 굳이 말씀 안하셨잖아요."

그 둘은 누가 뭐랄 것도 없이 자연스럽게 현철의 집을 향해 걸었다. 현철의 어머니는 자신의 가방을 유모차 손잡이에 자연스럽게 걸었고 유정은 그 가방이 떨어질 새라 잘 고쳐 걸으며 유모차를 밀었다.

"맞아. 이게 바로 딸 가진 죄지 뭐. 아들 가진 집은 아기도 며느리 쪽에서 케어하게끔 쏙 밀어놓고 자기들 보고 싶을 때, 필요할 때만 가서 보고 온다더라. 요즘 세상에도 아들가진 게 유세야, 유세. 난 뭐 아들 없나? 그래도 난 현철이 결혼해서 손주 낳으면 내가 다 봐줄 거야. 걜 닮아서 오죽 이쁘겠어. 또 현철이가 얼마나 순했다구. 지네 누나에 비하면 걘 알아서 저절로 컸어. 난 남의 손에 손주애들 절대 못 맡겨. 우리 유정 씨는 워낙

어렸을 때 봐 와서 가족같이 생각하니까, 이렇게 믿고 한 번씩 맡길 수 있는 거지, 안 그래? 그나저나 유정 씨는 나중에 아기 낳으면 이렇게 봐 줄 친정엄마가 없어서 어떡해. 가끔 엄마 보고 싶지 않아?"

유정은 여전히 밝은 표정으로 대답했다.

"글쎄… 어머니는 제가 두 살 때 돌아가셨다니까 솔직히 기억이 없어요. 그래서 언제 보고 싶어야 하는지, 어떨 때 그립고 해야 하는지 그런 감정을 잘 모르겠어요."

현철의 어머니는 눈썹을 구기며 안 믿긴다는 표정이다.

"아무리 세상이 변하고 좋아졌다고 해도 내 딸 시집보낼 때 보니까 아직은 멀었더라. 남자 집에서는 아들 가진 유세를 꼭 해. 얼마나 도도하게 굴던지. 내 딸이 어디 못났어? 외국에서 대학교 대학원까지 나와 우리나라에서 크다면 큰 회사는 모조리 거쳐 본 앤데! 그래도 남자 집에선 그런 거 하나도 안중에 없어. 남자 쪽이 좀 경우에 벗어나거나 빡빡하게 나온다 싶을 땐 이렇게 친정 엄마가 적당히 중재도 해주고, 사돈댁 기분 좀 맞춰주고 하면 어느 정도 교통정리가 되거든."

유정은 씁쓸하게 웃으며 말했다.

"전 아버지가 계시니까 부족하면 그런대로 아버지께서 해주시겠죠. 그리고 제가 결혼 할 때면 세상이 좀 더 좋아...지겠죠?"

"글쎄다."

현철 어머니는 끊임없이 딸에게 있어 친정어머니의 존재가 얼마나 대단한지를 설명하고 있었다. 하지만 그 말은 즉, '어머니가 없는 네가 지금 얼마나 가엽고 외롭고 힘든 처지인지를 인정하라'는 압박처럼 느껴졌다. 달리 말하면 '내 아들과 네가 교제를 하고 있는 사실을 알지만, 우리집에선 너를 며느리로 들일 생각이 추호도 없다'라는 사실을 내비치는 듯 했다. 유정은 그 어느 것 하나라도 지금 인정하지 않는다면 소모전에 힘을 뺄 것 같았다.

"그러게요. 어머니가 계시다면 제게 큰 힘이 돼줄 텐

데…. 제가 어머니의 부재를 느끼지 않게 해 줄 시어머니를 만나기는 힘들겠죠? 어떡해요, 어머니."

유정이 볼멘소리를 하자 현철 어머니는 크게 반응하며 이제야 그녀를 위로하듯 말했다.

"맞아. 나도 어머니가 살아계시는 게 얼마나 다행인지 몰라. 더욱이 난 어머니를 모시고 살잖니. 그렇게 어머니를 모시고 살면 내가 더 부지런하게 돼. 부모님 잘 모시는 것도 그거 공(功)이다. 내가 더 몸가짐을 조심하게 되고, 더 부지런하게 되고. 그게 내 딸한테도 알게 모르게 교육이 됐을 거야. 그렇기 때문에 시어머니들이 며느리를 보기 전에 그 어머니 자리부터 먼저 살핀다잖니."

유정은 '그런 시어머니가 당신이 되어 줄 의향은 없는지'를 돌려 물었지만 그녀는 자신이 얼마나 대단한 여자인지만 설명하고 있었다. 유정은 고개만 계속 끄덕이며 그녀의 말에 무의미한 동조만 할 뿐이다. 이야기가 마무리될 쯤 마당이 꽤 넓은 현철의 집 앞에 도착했다. 대문 초인종을 누르기 전 현철의 어머니는 가방에서 흰 봉투를 꺼냈다.

"고마워 유정 씨. 가만 보자, 얼마를 더 줘야 하나…."

"아니에요. 그냥 그것만 주시면 돼요."

유정은 현철 어머니가 내민 흰 봉투를 확인하지 않은 채 건네받으려 했다.

"아니야. 매번 이런 식이면 곤란해. 내가 급하게 연락해서 부탁한 건데…."

유정은 자신이 한 일의 대가를 십 분 단위로 혹은 삼십 분 단위로 나눠 계산까지 하고 싶진 않았다. 아기를 본다는 명목으로 서점에서 신간도 읽고 짬짬이 은행 업무도 볼 수 있었기에 정확히 따지자면 초과된 삼십 분은 자신을 위해 쓴 시간이기도 했다. 현철 어머니는 어느 정도 예상된 반응이었다는 듯 더 흥정하는 일 없이 꺼내놓은 흰 봉투를 유정에게 가까이 내밀었다.

"현철이 누나한테도 그리고 현철이한테도 오늘 내가 유정 씨한테 아기 맡아달라고 부탁했단 말 하지 마. 아기 떠넘기고 여기저기 모임 다니는 엄마처럼 보이고 싶지 않아서 그래. 오늘 다행히 아무 일 없었는데 서로 마음 편하게, 믿고 싶은 대로 믿으면서 지내면 얼마나 좋아. 알겠지?"

유정은 염려 말라는 말을 여러 번 하고 그녀가 마당을 지나 현관으로 들어가는 뒷모습을 확인했다. 그리곤 빠르게 지하철역 물품 보관소로 내려가 맡겨 둔 쇼핑백 하나를 꺼냈다.

◇

유정은 식당 안 작은 방에 누워 텔레비전을 보고 있는 찬욱의 발밑에 쇼핑백을 내려놓으며 말했다.

"세탁한 옷가지들이랑 속옷 몇 개 샀어요. 그리고 더 세탁해야 할 거 있으면 지금 챙겨줘요."

찬욱은 드라마를 보며 낄낄거리다 유정의 말에 턱으

로 빨래바구니를 가리켰다. 그러다 찬욱은 곁눈으로 유정의 반응이 없다는 걸 살피곤, 웃다 말고 유정을 돌아봤다. 시무룩한 표정의 유정을 확인하고 몸을 세워 앉았다.

"표정이 왜 이래? 오늘 피곤했어? 그러니까 집에서 그냥 씻고 쉬지 왜 고생해서 빨래는 가지고 왔니. 아빠가 집에 들를 때 가지고 오면 되는데."

유정은 찬욱이 입고 있던 작업용 바지에 묻은 먼지들을 천천히 떼어내며 말을 이었다.

"사람들은 참 이상해. 이유를 몰라서 그에 대한 답을 구하기 위해 상대방에게 질문하는 것이 아니라, 다 알면서 자신의 짐작이 맞는지 확인하기 위해 질문하는 것 같아."

찬욱은 자신의 더러운 바지 끝을 만지작거리는 유정의 손을 걷어내며 물었다.

"갑자기 왜 그런 말을 해. 누가 곤란한 질문을 하던?"

"사람들은 내가 엄마가 없는 게 어떠냐는 질문을 자주 해. 정말 몰라서 묻는 게 아니라 마치 동정하길 준비하고 묻는 것 같아. 나올 답이 뻔하다고 생각하는 거지. 가여워서 어쩌나, 손이 많이 갔을 중, 고등학교 시절은 어떻게 보냈을까, 소풍날 김밥은 누가 싸줬을까, 첫 생리 때 물어볼 사람이 없어서 얼마나 당황스럽고 슬펐을까."

유정은 질문 하나마다 고개를 갸우뚱거리며 입을 삐죽거렸다.

"내가 두 살 때 엄마가 돌아가셨다며. 그런데 내가 어떻게 기억할 수 있겠어. 내 기억 속에 엄마는 아예 없다고 보면 돼. 기억할래야 기억 할 수가 없어. 난 그냥 이렇게 태어났잖아. 엄마라는 존재를 느껴본 적이 없잖아. 가져보지 못했는데 잃은 마음을 어떻게 알 수 있겠어. 짐작하려고 해도 짐작조차 되지 않는데."

유정은 표정으로도 답답함을 표현하고 있었다.

"난 말했어. '엄마가 안 계신 걸 너무 당연하게 알고 커 왔기 때문에 오히려 다른 사람들도 나처럼 사는 줄 알았다'고. '함께 해 본 적이 없어서 외로운 지도, 뭐가 불편한 지도 모르겠다', '오히려 아빠가 안 계시면 어떨

까는 생각해 본 적이 있다. 그건 말씀 드릴 수 있겠다'고. 그러면 사람들은 오히려 나를 이해할 수 없다는 듯 아니 이렇게 말하는 날 더 가엾고 불쌍한 눈으로 바라봐. '오죽하면 저렇게 밖에 말할 수 없을까', '세상 사람들의 눈초리에 얼마나 인이 박혔으면 저럴까', '그래도 엄마랑 아빠랑 주는 사랑이 어디 같을까'하고. 도대체 사람들은 왜 그래? 내 말을 듣기 전에 미리 예상 답안 따윈 만들지 않았으면 좋겠어. 무례해. 다들 자기 맘대로야."

찬욱은 대수롭지 않다는 표정으로 입고 있던 바지를 벗어 툭툭 털었다. 유정은 입을 틀어 막곤 고개를 돌려 방문을 열었다. 찬욱은 바지를 돌돌 말아 유정이 싸 놓은 세탁 꾸러미 위로 던지며 말했다.

"사람이란 정말 우습지? 자꾸 자격을 묻더라. 그들이 미리 정한 위치에 나를 올려놓고 자격을 물어. 자질은 생각하질 않지. 난 충분히 인정받을 자질을 가지고 있는 사람인데 상대방은 그걸 고려하지 않아. 이미 저 아래

형편없는 정도만큼 나를 내려놓고 거기에서 나의 자격을 논해."

 찬욱은 속옷 차림으로 방을 나가 식당 안 작은 형광등 하나를 켰다. 가게 안이 희미하게 밝아졌다. 냉장고에서 먹다 남은 소주 한 병을 꺼내 그 자리에서 들이켰다.

 "내가 네 엄마를 사고로 잃고 얼마 안 돼 음식 장사를 다시 한다니까 '팔자도 더러운 놈이 딸 하나 달고 고생하는 구나' 수근대더라. 처음부터 맛이 있었겠냐? 체계가 잡혔겠어? 엄청 허둥댔지. 지금 생각해보면 내가 무슨 정신으로 식당문을 다시 열었나 싶다. 그런데 신기하게도 동네 사람들은 '애 엄마가 급히 떠났는데 맛내는 거나 제대로 가르쳐 주고 갔겠냐'며 너그럽게 이해해 주더라. 지금 우리 옆에 노래방, 커피가게, 빵가게 있지? 예전엔 철물점에 정육점, 과일과게, 문방구가 있었거든. 그 아지메들이 번갈아 와서 너도 봐주고 야채도 다듬어 주고, 심지어는 젖병도 소독해 주면서 홀애비 티 하나 안 나게 너도 키워줬어.

어느 날은 장모님이, 그러니까 네 외할머니지. 반찬을 엄청 해놓고 가셨는데 그 반찬통에서 반찬이 푹푹 줄어가는 걸 보니까 얼마나 아깝고, 반찬 더 달라는 사람들이 얼마나 뵈기 싫던지. 그래서 남은 양념을 다시 끓여서 야채도 넣어 무치고 이것저것 넣어서 부피를 왕창 키워놓으면 그 아지메들이 와서 '언제 이렇게 만들어 놨냐'고 기특해 하면서 간도 새로 맛있게 맞춰주더라."

유정은 처음 듣는 이야기였던지 지루한 기색 없이 들었다.

"어느 날은 내가 여기저기 지나다가 식당에 불쑥 들어가 '그 낙지볶음은 어떻게 했대요?'라고 물었어. 주방여자가 날 알아보더니 딱한 마음이었는지 아니면 남자가 음식을 한다면 얼마나 제대로 하겠나 싶었던지 술술 말해주더라. 네가 좋아하는 낙지볶음이 바로 그 주방여자가 알려준 방법이야. 웃기지? 그게 5년이 되고 10년이 되고 이제 너 시집갈 나이까지 장사를 하게 되니, 늙어서 이것 하나 바라보고 있는데 딸 시집갈 때까진 붙잡고 있어야지 않겠냐며 건설공사 반장이 그 쪽 인부들 점심을 내 가게로 밀어 준거야."

찬욱은 사람들의 선입견으로 기분이 상한 유정의 마음을 이해할 수 있었다. 충분히 짐작할 수 있었다. 하지만 사람들이 미리 짐작하고 건넨 걱정 혹은 호의를 그렇게 부정적으로 받아들일 필요는 없다고 말하고 싶었다. 그제 아침, 찬욱은 야채를 떨이로 넘기겠다는 친구 놈의 말을 듣곤 자가용으로 먼 길을 다녀왔다. 궤짝으로 받은 것들을 가게로 들여놓느라 차를 잠시 가게 앞에 세웠다. 하지만 어느 누구도 그 차가 찬욱의 것인지를 묻지 않았다. 항상 가게 안 골방에서 자는 사람이, 마을버스만 타고 다니는 사람이 이런 차를 소유할리 없음을 당연시 여겼다. 하지만 찬욱은 그것까지 유정에게 말하진 않았다.

"네가 왜 아빠는 이곳에서 지내냐, 아파트로 들어와서 함께 살자고 물었지? 맞아. 유정이 마음 아빠가 모르는 거 아니야. 아빠… 정말 열심히 살았다. 하지만 이게 다 내 덕일까? 내가 궁상떨면서 안 먹고 안 해 입어서 그 돈 다 벌었다고 말할 수 있을까? 아니야. 동네 사람들이 나를 이렇게 만들어줬어. 이렇게 더운 여름에도 '저 사람은 선풍기 하나로 저런 골방에서 자는구나', '오늘도 이 사람은 또 아침부터 가게를 여는구나. 정말 고생하는구나'라며 도와줘서 여기까지 온 거야. '그 기대에 부응하느라' 나도 더 열심히 살아온 것도 없진 않지. 그렇게 동네 사람들이 나를 불쌍하게 여겨 딴 데서 먹을 수 있는 걸 굳이 여기서 먹고, 맛없어도 굳이 여기서 팔아주며 자신들의 귀한 돈 써줬는데, '그 돈으로 김찬욱이 아파트를 샀다고?', '저 동네 그 허름한 상가를 돈 없는 김찬욱이 샀다고?', '나도 못 사 본 그 차를 김찬욱이 샀다고?' 허허허. 나를 축하해 주며 박수 쳐 줄 사람이 얼마나 될까? 오히려 배신감이 들 수도 있겠지. 난 그 사람들에게 내 처지를 동정해 달라, 힘들다, 도와 달라 말한 적은 없지만 그들은 지레짐작으로 '처지가 딱한 홀애비'라며 나를 도왔어. 그렇다면 그들이 우리에게 갖은 편견 혹은 선입견이 꼭 나빴다고 말할 수만 있을까?"

유정은 한동안 말이 없었다. 곰곰이 생각하는 것 같더니 다시 입을 열었다.

"그럼 우린 언제까지 동네 사람들의 생각 아니 기대를 저버리지 않도록 노력해야 할까? 아빠의 말을 들으면 우린 그들이 이십여 년 동안 가진 동정에 배신하지 않도록 노력해야 할 것 같아. 우린 영원히 그들 눈 밖에 나지 않도록 있어도 없는 척, 내 것 앞에서 마치 내 것이 아닌 척 연기하면서 살아가야 할 것 같다구."

찬욱은 씁쓸하게 웃었다. 그는 사람들의 호의를 가장한 동정을 담담히 받아들이며 살아왔다. 사람들이 보내온 가여움이 자신을 노력하게 만든 힘이라고 생각했다. 한층 낮춰 지냈기에 허름한 상가 건물씩이나 마련할 수 있는 보상이 있었다. 찬욱은 믿었다. 사람들의 동정어린 시선은 자신이 이 세상을 떠나면 사라진다는 것을. 유정은 찬욱의 대답을 예상했지만 그래도 다시 한 번 물었다.

"이 곳이 집이라고 생각하지 말고 직장이라고 생각하면 안 되나? 차 저렇게 주차장에만 세워두지 말고 운전

하고 가게 나와서 적당한 저녁시간에 퇴근한다 생각하고 집에 들어오고. 이 방은 숙직실이다, 그래 힘들 때 잠깐 쉬거나 하루 정도 잘 수 있는 곳이다 그렇게 생각하면서 지내. 이제 나이도 있는데… 건강 생각 해야죠."

"아냐. 여기가 편해 난."

찬욱은 짧게 대답하곤 주전자에 물을 담아 들고 방으로 들어왔다. 구석에 개어놓은 이불을 펴는 시늉을 보이자 유정은 서둘러 자신의 짐을 챙겼다. 찬욱은 더 이상 딸에게 해 줄 말도, 들을 말도 없었다. 이제는 보기 힘든 길거리 공중전화처럼, 사람들이 그에게로 찾아와 말을 건넬 순 있지만, 자신이 먼저 이야기를 건네는 일은 절대 없는 쓸쓸한 공중전화 앞에 유정은 앉아있는 느낌이었다.

제 3 장

책임을 다 한 사람과
임무를 다 한 사람

정원은 지난 밤, 한 시간 간격으로 잠에서 깨다 잠들기를 반복했다. 저녁식사로 배불리 먹었던 중국음식이 소화가 되지 않았는지 밤새 일어나 억지로 트림을 하고 화장실에 가 여러 차례 앉아 있었다. 집게손가락을 목젖에 닿을 정도까지 쑤셔 넣어 봤지만 먹은 것을 게워낼 순 없었다. 정원은 곁에 둔 리모컨을 집어 허공에 대고 버튼을 눌렀다. 방 안의 큰 창을 덮고 있던 블라인드가 천천히 올라가고 창문이 조용히 열렸다. 창가로 가 눈을 감고 들어오는 바람을 맞았다. 다시 리모컨의 버튼을 누르자 침대 머리맡에 나 있는 작은 창들도 차례로 열렸다. 속이 점차 편안해짐을 느꼈다. 큰 침대 위를 가로질러 누웠다. 다시 일어나 불편한 자세로 누웠다. 밤새 뒤척거리다 지금에서야 잠들어 버리면 아침 수업에 늦어버릴 건 뻔했다. 잠시 뒤 정원은 저린 팔을 움켜쥐며 침대에서 일어나 다시 앉았다.

바깥엔 새벽안개가 낮게 깔렸다. 자신이 움직일 때마다 몸 전체를 살며시 감싸다 놓아버리는 얇은 안개가 신기했다. 정원은 입고 있던 교복 상의를 접어 책가방에 구겨 넣었다. 얇은 티셔츠 위로 안개가 스민다면 더 상쾌할 것 같았다. 한참을 정신없이 걸었다. 땀 때문인지 습기 때문인지 새벽안개를 온전히 맞아서였는지 알 수 없었지만 이젠 멈춰야 함은 분명했다. 온 몸이 흠뻑 젖었다. 근처 놀이터 벤치에라도 잠시 누워있어야 했다.

정원은 갑자기 깨달았다. 정수리부터 허리춤까지 흠뻑 젖어 있는 건 식은땀이라는 것을, 그리고 몸을 움직이기가 무거워졌다는 것을. 한 걸음 떼기가 점점 힘겨워져 근처 화장실을 급히 찾았다. 상가 건물의 1층은 모두 살펴봤지만 화장실은 닫혀 있었다. 놀이터 안 화장실에 겨우 도착했지만 역시 굳게 닫힌 문을 열 수 없었다. 쭈그려 앉아 큰일을 볼 수 있는 곳을 찾아보았다. 앉아 일을 보는 자신의 몸 또한 거뜬히 가려 줄 큰 나무를 함께 찾아봤지만, 주변은 휑한 놀이터 모래사장과 앙상한 놀이기구 뿐이었다. 잠깐 눈만 감았다 뜬 정도였는데 날은 밝아왔다. 자신의 몸을 숨길 엄두조차 낼 수 없는 밝기였다. 정원은 엉기적거리며 놀이터 밖으로 나왔다. 회색빛의 상가 건물들 중 유일하게 불을 밝히고 있는 작은 식당이 하나 보였다. 겨우 걸어가 가게 안을 살폈다. 좀처럼 보이지 않는 식당 안. 이리저리 시선을 돌리다가 셀로판지로 엉성하게 붙여진 식당 이름 중 벌어진 이음새를 찾아내 가게 안을 들여다봤다. 넥타이를 맨 중년 남자들과 꽤 단정하게 차려입은 남자들이 보였다. 여성은 없었다. 몇 개의 식탁, 주방 그리고 나무로 된 문이 보였지만 그

곳이 화장실 같아 보이진 않았다. 아침을 먹을 테니 화장실을 먼저 사용해도 되냐고 물을 만큼 정원은 넉살이 좋진 않았다. 정원은 다시 아랫배를 감싸 쥐고 허둥댔다. 몇 발자국만 걸으면 자신의 의지와 상관없이 아래로 모두 쏟아낼 것 같았다. 마지막이란 생각으로 아니 이젠 어쩔 수 없다는 생각으로 상가 안에 들어갔다. 훤한 길바닥보단 건물 안이 험한 짓을 하기엔 덜 창피할 것 같았다. 큰일을 치르기 전 고개를 크게 돌려 주변을 살폈다. 몇 계단 위에 불이 켜 있는 작은 문이 보였다. 따라 올라가 보니 불투명한 작은 유리문에 물비린내가 풍겼다. 영락없는 화장실이었다. 손잡이에 열쇠가 꽂힌 채로 문이 닫혀 있었다.

일을 해결하는 시간은 오래 걸리지 않았다. 정원은 조심스레 꽂혀 있는 열쇠를 돌려 문을 잠갔다. 열쇠 끝에는 사람들 손때가 제법 탄, 큼지막한 나무조각이 달려 있었다.

"'다함께 백반'? 여기가 아까 그 식당 화장실이네."

정원은 나무 위에 적힌 글자를 읽고는 열쇠를 다시 꽂아두고 계단을 내려왔다. 그러다 얼른 다시 올라가 열쇠를 뽑았다. 그러곤 식당으로 가서 문을 살며시 옆으로 밀었다. 문이 열리자 밥을 먹던 사람들이 일제히 문 쪽을 쳐다봤다.

"혹시 여기 건가 싶어서요. 밖에 떨어져 있길래…."

정원이 열쇠를 내밀자 고맙다는 말 대신 넥타이를 맨 남자가 크게 소리를 내어 말했다.

"어이구야. 내가 그랬구만요. 글쎄 나이가 들면 이렇게 막 뭘 흘려. 화장실 문을 잠근 것까지는 기억이 나는데, 내가 그만 열쇠를 흘려버렸네 그려."

"그러니까 남자 놈들이 흘리지 말아야 할 건 소변줄기, 그리고 또 뭐야. 소변이랑 같은 데서 나오는 그거. 씨! 끈적거리는 내 혈육. 씨! 그거 잘못 흘리면 족보 애매하게 꼬여. 절대 안 돼. 그리고 정신. 정신 바짝 차려야해. 이런 식이면 골치 아퍼. 암 그럼."

그들은 함께 따라 웃었다. 문틈으로 들여다봤던 것보

다 정겨움이 가득한 식구 같은 모습이었다. 찬욱이 열쇠를 받곤 물었다.

"고맙네 학생. 그냥 지나칠 수 있었을 텐데. 아침은 먹었고?"

찬욱의 부드러운 말투에 정원은 적잖이 놀랐다. 보통의 식당집 주인 같지 않게 무척이나 낮고 지성 있는 목소리였기 때문이다. 또한 그런 찬욱의 말에서 따뜻함을 느꼈다. 식당에 들어왔으니 식사를 할 의향인지 묻는 것은 어쩌면 당연했지만, 때 맞춰 제 때에 식사를 챙겨야 한다는 여느 아버지들의 걱정처럼 찬욱의 그런 질문에서 부정(父情)이 묻어났기 때문이다. 정원은 집에서 먹고 나왔다고 하기엔 밥 냄새가 너무 맛있게 느껴졌고, 먹겠다고 말하기엔 가격을 먼저 물어야 할 것 같았다. 정원이 잠시 머뭇거리자 찬욱은 의자 한 개를 끌어내며 말했다.

"앉아라. 한 술 뜨고 가."

정원은 찬욱이 내민 의자에 못 이긴 척 앉았다. 찬욱은 선반에서 국 그릇을 꺼냈다. 국을 뜨다 옆 식탁을 슬쩍 보더니 미소를 지었다. 아직까지 그쪽에선 소변 이야기가 한창이다.

"난 가끔 소변기 안에 그려진 파리에 묘한 경쟁심이 생겨서 그걸 지워버리겠다는 작정으로 힘을 줘. 그러니까 더 열심히 조준을 하고 집중하지. 그 변기통 파리 개발한 사람은 남자들의 그런 심리를 이용했나봐, 그치? 근데 내가 기발한 생각을 더해 보자면 그 파리를 좀 희미하게 새겨 넣는 거야. 조금만 더 가까이 가서 힘을 주면 그 파리를 내가 곧 지워버릴 것 같거든. 어때? 그럴듯하지?"

듣고 있던 한 남자가 빈정거리듯 거들었다.

"너는 젊어서 그럴 생각도 있나보다. 난 힘이 없으니 거기에 맞추기는커녕 바로 고여 가는 내 소변 위로 힘없이 떨어지니 내 바지 앞부분에 항상 튀어버린다니까. 여간 슬픈 게 아냐."

"형님. 병원 가서 전립선 검사 좀 받아봐. 그게 아마 전립선 비대증인가 그럴 거야. 형님 나이 되면 절반 이상이 다 그걸로 고생한답디다."

식사를 하던 사람 몇 명은 서로 웅성거렸다.

"전립선이 내 몸 어디 쯤이야? 얼른 와서 좀 짚어줘봐. 불알 밑, 여기 말하는 갑네."

찬욱은 정원이 앉은 식탁 앞에 국 사발을 내려놓았다. 정원은 고개를 들어 고맙다는 말을 했지만 찬욱은 여전히 그들이 하는 이야기를 기웃거리며 듣고 있었다.

"아이구 저 형님이 더 갑갑한 소리 하시네. 아마 여기 있는 누구도 형님 전립선 위치까지 만져줄 수 없을 걸? 필리핀에 계신 형수님한테나 가서 만져달라고 해."

옆에서 가만히 듣고만 있던 점잖은 남자가 이야기를 거들었다.

"전립선이라는 게 단감처럼 생겼어요. 쉽게 설명하자면 단감 위에 꼭지 있고 그 속을 따라 떫은맛이 나고 더 가면 씨 있는 부분이 있잖아요. 그 부분을 관통시켜 파낸다고 생각해 보세요. 그 뚫린 자리에 줄 세 개를 넣는다고 상상해 보세요. 아래쪽에 소변 나오는 줄 한 개 그리고 위쪽에 정관줄 두 개 나란히… 정관 수술할 때 묶는 줄이 바로 그 거예요. 그 세 개의 줄을 잘 감싸고 있는 단감이 만약에 땡땡하게 붓는다고 생각해 보세요. 그럼 그 줄에 압력이 가해지니까 당연히 관이 좁아지겠죠? 그래서 소변 누기가 힘들어지는 거예요. 그러니까 소변을 완전히 비워내기도 힘들고, 힘을 줘도 시원한 느낌이 없고. 그러니 잔뇨감 때문에 자꾸 화장실은 가게 되고. 그래서 숙면을 할 수가 없고…."

식사를 하던 남자들은 대부분 숟가락을 내려놓고 그 남자의 설명에 경청했다. 그 중 몇 명은 옆 사람과 귓속말을 나눴다. 열쇠를 흘렸던 그 남자는 점잖게 설명하던 그에게 심각하게 물었다.

"그럼 자네는 내 몸에 전립선이 어딨는지 좀 설명해줄 수 있는가? 내가 생각하기엔 여기인 것 같드만."

그가 가랑이를 활짝 벌려 자신이 생각한 위치를 짚어 보려 하자 건너편의 남자가 익살스럽게 말했다.

"찬욱이 형님. 거 싱크대 위에 빨래장갑 좀 줘 봐요.

내가 그거 끼고 저 형님 똥구녁에 손가락을 넣어서 찾아주든가 해야지. 사모님한테 찾아달라니까 왜 자꾸 저 샌님같이 고운 분한테 해달라고 해 정말! 거기로 손가락을 쑤셔 넣어야 만져진다니까 왜 자꾸 다리를 벌리고 난리냐고!"

"아 밥상머리 앞에서 뭐 좋다고 더러운 얘기를 그렇게 자세히도 합니까? 거 조용히 먹읍시다들!"

갑자기 소리를 버럭 지른 한 남성의 목소리에 정원은 놀라 그를 돌아봤다. 하지만 들리던 목소리와 달리 그는 곧 어깨를 들썩이며 히죽거렸다. 자신은 이해할 수 없는, 나이 든 남자들의 대화법 같았다.

찬욱은 막 부친 계란 후라이를 접시에 담아 정원 앞으로 밀었다. 정원은 음식이 입에 맞는지 정신없이 우겨 넣고 있었다. 찬욱은 국에 밥 반 공기를 다시 말아 정원 옆에 두었다.

정원이 밥을 다 먹을 때 까지도 그들은 여전히 식탁에 앉아 대화중이었다. 정원은 식사를 마치고 일어나 식탁 옆에 비켜 서 있었다.

"다 먹었냐? 이제 학교 가야지. 얼른 가."

정원은 주뼛대며 그 자리에 서 있었다.

"돈 내려고 서 있냐? 그래. 얼마 줄래?"

정원은 그의 질문이 끝나자마자 가방에서 지갑을 꺼냈다. 그리고 가격을 말해주기 기다리며 지갑을 만지작거렸다.

"학교 가서 열심히 공부하면 그걸로 됐지, 무슨 돈을 내. 공부 열심히 해서 좋은 사람 되면 그걸로 갚은 거지, 안 그래? 여기 아저씨들 모두 다 너만한 자식 둔 분들이야. 더 좋은 곳에서 더 많이 배우고 느끼라고 외국에 자식들 보내놓고 혈혈단신, 한국에서 열심히 돈 벌고 고생하시는 분이라고."

옆에 한 남성이 소리쳤다.

"자식만 보냈나. 개네들 따뜻한 밥 해 먹이라고 지네 엄마들까지 함께 딸려 보냈지. 난 열심히 돈 벌어 부치는 기계야. 여기서 아침 먹고 점심은 회사에서 먹고 저녁엔

술 마시고 여기서 아침에 해장하고 또 점심에 회사 가서…."

그 곁에 있는 다른 남성이 조용히 말했다.

"학교 간다는 애 세워놓고 자기 하소연은 뭣 하러 해. 그래. '학교 다녀오겠습니다' 한 마디 하고 가라. 자식 놈 초등학교 때 그 말 들어보고 언제 들어봤나 몰라. 내가 내 마누라 품에 못 안고 자식이랑 생이별한 것도 모자라 송금해야하는 날만 오면 손이 떨려. 아니 손만 떨리나? 심장까지 벌렁거리면서 살아온 세월이 벌써 8년이야. 이게 정말 잘 하는 짓인가 싶다."

평일 아침 식사를 하러 오는 이 남자들은 모두 대화에 굶주린 사람 같았다. 회사에선 직원들과 살갑게 대화를 나누기는커녕 '예뻐해 주면 꼭 기어오르더라'는 생각에 자신을 방어하기에 바쁜 사람들이었다. 오랜 세월 언제 기어오를지 모를 '새파랗게 젊은 요즘 놈'으로 취급받다가 그들도 나이가 먹어 후배들로부터 방어를 해야 할 나이가 되니 자연스레 대화의 상대를 잃었다. 집에서 회사에서 혼자에 익숙한 그들이 같은 처지의 사람들을 만나는 이 아침은, 제어되지 않는 자신의 스트레스를 각자의 방식으로 풀어내기에 바빴다. 정원이 식사를 하러 오기 몇 분 전엔 가족을 만나러 미국에 다녀온 한 남자의 이야기를 듣던 중이었다. 매 휴가 때마다 쓰게 될 비행기 값이랑 외식비가 아까워 몇 년 동안 휴가 없이 돈만 송금하다, 올해 오랜만에 휴가차 미국에 갔더니 그의 방문보다 돈을 더 기다린 눈치라던 슬픈 하소연이었다. 제 각기의 사연은 있겠지만 밝은 척, 괜찮은 척 두꺼운 가면을 쓰기엔 상처가 깊고 너무 곪은 그들이었다.

찬욱은 그들이 비운 그릇들을 걷으며 말을 꺼냈다.

"우리 또한 부모님들이 그렇게 못 먹고 못 해 입고 고생해 키웠는지 그 나이엔 알았나? 알면 뭘 해. 지금 우리가 알았다고 해도 시골에 계신 노인네들 용돈이나 꼬박꼬박 부치기를 해, 잘 계시냐 들여다보기를 해. 맨날 손에 전화기 쥐고 있는 세상에 전화도 제대로 안 하는 판에. 그래 놓구선 자식한테 뭘 받겠다고 바라는 것 자체가

문제야, 문제."

그렇게 남자들의 이야기는 끝날 듯 끝나지 않았고 정리를 하려 치면 누군가가 자신의 사연을 한 가지씩 보탰다.

"애 세워놓고 뭔 말이 많누. 나이 먹어 여성 호르몬이 많아진다더니 다들 뭔 설이 그렇게 길어. 끊어질 듯 안 끊어지는 오줌 줄기 붙잡고 세월아 네월아 울부짖는 것 마냥. 야, 얼른 '학교 다녀오겠습니다' 하고 가라. 우리도 자식 같은 놈한테 오랜 만에 한번 들어보자."

"네. 학교 다녀오겠습니다. 식사 맛있게 하십시오."

정원은 꾸벅 인사를 했다. 껄껄대며 웃는 그들을 뒤로한 채 식당을 나섰다. 찬욱은 미소를 지으면서 정원을 따라 나왔다.

"들어서 알겠지만 기러기 아빠들이야. 아침밥 집에서 챙겨먹기 그렇다고 해서 출근하기 전 여기서 식사들 하고 가. 너도 아침에 일찍 나오거나 엄마 밥 못 얻어먹고 나오면 여기 와서 국에 밥 한술 뜨고 가. 돈은 안 내도 되니까 와서 아저씨들에게 크게 인사하고. 그냥 웃어드리고. 얘기도 들어 드리고. 다 네 아버지 뻘이니까 알겠지?"

찬욱은 정원의 어깨를 여러 번 두드리더니 가게로 들어갔다. 정원은 학교로 향하며 가방 안에 넣은 교복 상의를 꺼내 입었다. 그리곤 곰곰이 생각했다. 아버지들은 자식의 미래를 위해서 자녀와 부인을 함께 해외로 유학을 보내고 난 후의 외로운 생활을 푸념했지만 자녀들이 더 큰 나라에서 보람차게 생활하고 있을 거라는 건 그들의 기대, 그저 믿고 싶은 환상일 거라고 생각했다. 자녀들이 다른 문화에 부딪혀 얼마나 혼란스러울지 어학만으로도 해결되지 않는 미묘한 관계들을 안고 이방인으로 살아가는 심정 따윈 겪지 않아서 아버지들은 모를 것이다. 아이 하나 바라보고 제 나라 떠나 말 안 통하고 뜻 모를 사람들과 부딪치며 혼란스러울 아내 또한 선진 문명 즐기고 있는 팔자 좋은 여자로 오해한 채 자신만이 세상의 힘든 짐을 다 지고 있는 듯 말하는 저 남자들이 정원은 답답했다.

정원은 우울했던 홍콩에서의, 미국에서의 어린 유학 시절들을 떠올렸다. 가족은 한 사람만 희생할 순 없는 관계다. 그것은 서로가 얽혀 있는 만큼 책임감은 동반되어야 하는 관계다. 돈을 넘겨주는 것만이 그 책임을 다하는 것일 수 없고 타지의 사람들이 그 돈을 아끼면서 최선을 다해 생활하는 것만으로 임무를 다했다 말할 순 없는 것이다.

정원은 지금 한국에서의 생활을 돌아봤다. 서로 함께하지 않은 채, 서로가 각자의 자리에서 최선을 다하고 있다고 믿어야 하는 게 큰 위로이자, 그것이 할 수 있는 최선이라고 믿는 그들이 오히려 행복할 것 같았다. 정원은 자신의 아버지를 떠올렸다. 눈을 질끈 감고 고개를 세차게 흔들었다. 애써 어머니를 떠올렸지만 역시 기분은 나아지지 않았다. 숨을 깊게 쉬려 입을 크게 벌렸지만 곧바로 기침을 쏟아냈다. 그는 입고 있던 교복을 벗어 가방 안에 구겨 넣었다. 그리고 다시 집으로 향했다.

제 4 장

내 처지가 당신에겐
그럴 듯한 사연이 된다

오늘은 공사장 인부들이 삼십분 간격으로 네 개의 조로 나눠 점심식사를 마쳤다. 일하기 좋은 날씨가 한동안 계속 될 거란 일기 예보 때문인지 아니면 어제 오후부터 내린 소나기에 작업량이 밀려서인지, 오늘은 유달리 점심식사를 하는 인부들이 많았다. 진흙을 잔뜩 묻히고 들어온 인부들의 신발로 인해 식당 바닥은 금세 지저분해졌다. 인부들이 식사를 마칠 무렵엔 진흙이 말라버려 그들의 작은 걸음에도 흙먼지가 다시 뿌옇게 올라왔다.

"다 드신 그릇이랑 수저들은 수고스럽게 싱크대에 넣어주지 않으셔도 되니 그대로 두시고, 오늘은 특별히 믹스커피도 제가 타서 나를 테니 그냥 자리에 앉아서 푸욱 쉬십시다."

찬욱은 식당 출입문을 열 수도 없었다. 불어오는 가을 바람에 놀이터 모래사장의 먼지들이 식당 안으로 들어올 것은 뻔했다. 커피를 입에 털어 넣은 인부들은 모두 식당을 나가고 지쳐 버린 찬욱과 가득 쌓인 설거지 거리만 남았다. 찬욱은 양손으로 식당 출입문을 힘차게 밀어 열었다. 지저분한 그릇들을 포개어 싱크대 안에 넣어두고 수도꼭지에 긴 호스를 바꿔 끼웠다. 의자를 모두 식탁 위로 뒤집어 올리고 바닥을 청소하기 시작했다. 깊게 고개를 숙인 채 바닥 청소를 하고 있던 찬욱의 눈에 반짝이는 검은 구두가 보였다.

"아저씨. 청소하고 계시네요. 도와드려요?"

찬욱은 앓는 소리를 내며 허리를 겨우 폈다. 빨갛게 달아올랐던 얼굴빛이 다시 제 빛을 찾았다.

"우리 정원이가 그런 말도 할 줄 아네. 부모님한테 교육 잘 받았구먼."

"교육은 무슨요. 저는 원래 태어날 때부터 착했다던데요."

그 둘은 더운 여름을 보내고 시원한 바람이 불기 시작한 후론 시시한 농담도 제법 잘 주고받을 정도로 가까워졌다.

"아 참. 오늘 점심 너무 잘 먹었어요. 다음부턴 여기서 아침 먹을 때 남은 반찬이랑 밥을 싸 갈까 봐요. 점심마다 매점가기도 귀찮고 아줌마가 끓여주는 떡라면에 밥 말아먹는 것도 질렸거든요. 오천 원이면 되죠?"

찬욱은 한심하다는 듯 정원을 쳐다봤다.

"오천 원이 뭔데? 오천 원 줄 테니 점심 도시락 싸달라고?"

"매점에서 먹는 점심값이 오천 원이거든요. 맨날 불친절하게 대하고 메뉴 연구도 안하는 그 아줌마한테 돈을 주느니 차라리 아저씨한테 점심값 내는 게 안 아깝겠어요."

"건방지게 무슨. 쓸데없는 소리하며 아저씨 방해하려면 얼른 집에 들어가 숙제나 해."

찬욱이 정원의 머리를 주먹으로 쥐어박는 흉내를 내자 정원은 그에 맞춰 고개를 슬쩍 피하며 웃었다.

"아. 공업고등학교도 숙제가 있냐? 거긴 일 배우는 곳 아닌가? 내 때는 오전엔 공부하고 오후엔 취업갔던 것 같은데."

이번엔 정원이 한층 소리를 높일 기회였다.

"아니 아저씨. 공고 무시하세요? 거긴 선생님도 없고 수업도 안하는 줄 아세요? 공부하는 곳에 숙제가 왜 없겠어요? 그리고 세상에 숙제 없는 곳이 어딨어. 아저씨도 매일 반찬 만들고 음식 만들려면 야채 다듬고 시장 가야 하잖아요. 일테면 그게 숙제 아닌가? 그리고 전 취업 준비반이 아니라 입시 준비반이라고요. 숙제가 얼마나 많은지도 모르시면서."

"소리 낼 힘은 남았나보네. 그래 성에 안 차는 점심 먹고 배는 안 고파? 뭐라도 좀 만들어 주랴?"

찬욱은 미안한 듯 웃었다.

"그렇지 않아도 여기 떡볶이가 맛있다면서요. 그래서 먹어보려고 왔는데."

찬욱은 빗자루를 들고 있는 자신의 양손을 턱으로 가리키며 대답했다.

"하도 바닥이 더러워서 아저씨가 물청소 하고 있었으니까 이것만 대충 끝내놓고 후딱 만들어줄게. 떡도 물에 담가놔야 해서 시간이 걸릴 거야. 아저씨 방에 들어가서 숙제나 하고 있어. 다 되면 방으로 넣어줄라니까."

정원은 찬욱의 말이 끝나자마자 구두 앞을 세우고 굽으로 바닥을 디디며 방을 향해 걸었다. 찬욱도 그의 단정한 구두가 젖을까 싶어 정원의 걸음걸이 하나하나에 신경을 썼다.

정원이 방 문턱에 걸터앉았다. 길고 가는 손가락으로 줄을 힘없이 잡아 당겼는데도 구두 줄이 풀렸다. 발가락을 구두 안에서 몇 번 움직이니 구두가 스르륵 벗겨지며 바닥으로 힘 있게 떨어졌다. 소리가 둔탁한 걸 보니 고무

판이 아닌 나무소재로 굽이 만들어진 것 같았다. 그는 하얀 손으로 그의 발등에 묻은 먼지를 가볍게 털어냈다. 그가 신은 실크같이 부드러운 양말이 구두가 잘 미끌려 벗겨지도록 도운 것 같았다. 정원은 방문을 살며시 닫았다. 찬욱은 멍하니 그의 행동을 바라보다 방문이 닫히자 놀란 듯 정신을 차렸다. 넋 놓고 보고 있었음에 민망함을 느꼈던 찬욱은 다시 청소를 시작했다.

바닥청소와 설거지를 마치고 숨을 막 돌리던 참이었다. 건너편 정육점 여자가 검은 봉지를 여러 개 들고 식당 안으로 들어왔다.

"오빠. 청소 개운하게 했네. 내가 아주 아다리 잘 맞춰 온 것 같은데? 자 여기."

그녀는 아이스크림 두 개를 꺼내 찬욱과 나눴다.

"뭐 이런 걸로 돈 쓰고 그래. 다음부턴 이런 거 사오지 마. 수연엄마도 내 나이 되어봐. 이만 시리지 이런 거

하나도 안 반가워."

찬욱은 이미 아이스크림을 한 입 크게 문 뒤, 오물거리며 말하고 있었다.

"사온 사람 성의 따윈 안중에도 없이 투덜대기만 하는 남자. 이 나이 먹어 여자들이 안 데려간 걸 보면 이유가 있다니까. 근데 오빠! 뭐 만들고 있는 중이었길래 물을 끓이고 있었대? 지금 물 끓고 있는 거 안 보여? 오빠 그이에만 문제가 있는 게 아니라 정신도 깜빡깜빡하네. 지금도 이런데 더 시간 끌다가 나한테 온다고 하면 정말 곤란할거야. 오호호."

찬욱은 인상을 구기며 손으로 방문을 가리켰다. 수연모는 익살스럽게 웃던 눈을 갑자기 크게 뜨며 누구인지 물었다. 찬욱은 아무 말 없이 끓고 있는 냄비 안에 떡을 넣었다. 그 사이 수연모는 문틈으로 안을 살폈다.

"어머. 어머어머. 쟤 걔 아니야? 맞네 맞아. 걔네."

호들갑 떠는 수연모를 식탁 앞으로 끌어 앉히며 찬욱이 소리 낮춰 물었다.

"수연엄마가 쟤를 어떻게 알아?"

"쟤. 장정원 아니야? 물러진 비누처럼 보드라운 피부에 어머. 쟤가 머리를 저렇게 짧게 자르니 또 느낌이 다르네. 잠시 몰라봤어. 머리 길렀을 때는 머릿결에 윤기가 윤기가. 내가 시집올 때 해온 120수 이불 부드러운 건 저리 가라야."

"저 놈이 '장'가 였구만."

찬욱은 이제서야 그의 성을 알고는 그의 이름을 낮게 여러 번 불렀다.

"저 도련님이 어떻게 저 방에 있어? 보자, 요 옆 공고 교복 입은 거 보니까 거기 다니나 본데? 그럴 리가 없는데. 저 애가 우리 조카랑 동갑이야. 대학교 2학년 나이일 텐데…. 어머! 그럼 2년씩이나 고등학교를 꿇은 거야? 그런 학교를 2년씩이나?"

"사연이 있겠지 뭘 그렇게 호들갑이야. 수연엄마, 남의 일이야 신경 꺼."

찬욱은 방안에 있는 정원이 들을까 염려가 돼 열린 문

틈으로 정원을 살폈다. 그는 이어폰을 꽂은 채 휴대전화를 들여다보고 있었다.

"쟤 되게 별난 애야. 중학교도 최고 좋은 예술중학교 수석입학에 수석 졸업까지 하고, 고등학교도 아마 명문 예술고등학교 수석으로 입학했을 걸? 쟤 부모님이 워낙 화끈해서 수석입학 기념으로 운동장 스탠드 다시 깔아주고 교무실에 컴퓨터도 싹 다 갈아줬대. 그런데 들리는 소문에 의하면 집안 사정 때문에 학교를 한동안 못 다니다가 할 수 없이 전학을 갔다고 하던데. 그래도 너무하다. 저렇게 곱디고운 도련님이 기술공부한다는 건 내가 오빠 단념한다는 말보다 더 말이 안 돼."

찬욱은 본의 아니게 알게 된 정원의 가정사를 더는 듣고 싶지 않았다. 들어봤자 불편한 마음이 더 할 것 같았다.

"쟤 입시준비하고 있어. 기술 공부하는 애들은 따로 있고 저 놈은 지금 입시준비반이래. 젊은 애들 팔자 여러 번 바뀌는 거 우리도 다 보면서 살았는데 뭘 새삼스레 놀라고 소리내고 그래. 그냥 못 본 척 해. 어디 가서 말하지 말고."

수연모는 아예 의자를 찬욱에게 가깝게 끌고 가 앉아 그에게 낮은 목소리로 말을 이었다.

"저 애가 사실은 부잣집 도련님이야. 부모님들도 워낙 잘났고. 아빠가 아마 홍콩계 미국인이고 부동산 재벌인데다 엄마도 많이 배우고 엄청 똑똑한 여자야. 문화 때문인지 뭔지 쟤 낳고 얼마 안 돼서 그냥 데면데면한 사이로 쭉 지내다가 해외로 돌고 하다보니 누군가가 먼저 바람이 났대나 봐. 저 잘난 사람들이 가만히 있겠어. '너도 한다면 나도 한다'겠지. 맞바람 피우는 꼴까지 서로 알게 되니 그게 살아지나? 갈라서면서 남자는 홍콩에서 재혼하고 엄마가 쟤를 맡아 쭉 길렀거든. 근데 지 호적 밑에 아들 이름 있다고 그게 엄마인가? 얼굴 값 하느라 집에 있을 시간은 또 있었고? 결국은 더 돈 많은 남자 찾아서 시집갔대. 그러면 뭘 해. 저 혹을 어떻게 달고 가? 엄마가 재혼 간 집이랑 저 애 살고 있는 집이랑 왔다갔다

하면서 기르고 있다네."

찬욱은 끓고 있는 냄비의 불을 줄이곤 차가운 생수를 그 안에 부었다. 듣고 싶지 않다던 그는 심각한 표정으로 수연모가 하는 이야기를 경청했다.

"그 궁궐 같은 집에서 쟤랑 일하는 아줌마 둘이 사는데. 엄마 아빠가 돈 많으면 뭘 해. 제대로 된 사랑 못 받고 마음이 저렇게 허해서 그 큰 집 놔두고 저 좁아터진 방구석에서 핸드폰이나 만지작거리고 있으니. 쯧쯧. 고등학교는 또 언제 졸업하려고 한참 공부할 시간에 여기서 이러고 있나 그래…."

찬욱은 한숨을 쉬며 그녀의 말을 받았다.

"때 되면 졸업하겠지 뭘 그것까지 걱정해. 요즘 졸업하는 게 뭐 어려워? 자리 채우고 앉아있으면 졸업시켜주는 세상에."

"그 쉬운 걸 쟤가 못하니까 저러지. 예술 고등학교 다녔다가 공업고등학교로 홧김에 옮겨버리고 적응하기 힘들었겠지. 비싼 학교 다니면서 곱고 여린 애들만 상대하다가 성깔 있는 공고 애들 상대하려니 좀 고생이겠어?"

찬욱은 곰곰이 수연모의 말을 듣다가 불현듯 떠올라 물었다.

"수연엄마는 어떻게 그렇게 저 아이 집에 대해 잘 알아요? 원래 남의 얘기 잘 안하는 분이잖아."

"아니 내가 오빠 앞에서 뭐 남의 얘기를 할 필요가 있었나? 재미있게 맞장구 쳐주는 사람 앞에서나 하지 오빠처럼 뻣뻣하고 남 얘기 귓등으로도 안 듣는 사람 앞에서 뭔 신이 난다고? 사실 우리 올케가 저 애 집에 가서 일 몇 번 도와줬거든. 사람 잘못 들이면 말 난다고 쟤네 집에서는 영어하는 여자나 중국말하는 여자를 집 도우미로 썼을 거야. 우리 올케가 화교니까 '저 여자가 어련히 한국 친구들 없겠지' 싶어 우리 언니한테 여러 번 일을 맡겼어. 일하는 사람 문제 생기거나 일손 딸리면. 쟤 밥도 여러 번 챙겨주고 빨래도 해주고. 쟤가 저렇게 늘씬하고 길쭉해도 밥은 무슨 소도둑놈처럼 먹는다더라. 그게 어디 배가 고파서 먹는 거겠어? 요요요, 마음이 고파서, 사랑이 고파서 입에 쑤셔 넣는 거지. 어휴 불쌍해. 우리 올케가 저 집 저렇게 되고 되게 궁금해 했는데 가서 말해줘야겠네."

찬욱은 갑자기 손바닥으로 식탁을 내려치며 소리쳤다.

"뭘 가서 쓸데없는 소리를 전해? 그냥 모른 척 해. 그 엄마도 말 나는 거 싫어했다면서. 그리고 수연 엄마 올케라는 사람도 참 빤하네. 그렇게 입단속 시키려고 믿고 자기 쓴 거 뻔히 알면서. 딱한 사람들과 한 약속 좀 지켜주면 안 돼? 수연엄마도 또 들었으면 그리고 여기서 말했으면 그냥 여기서 끝내. 왜 또 말을 만들려고 그래. 그런 말 만들고 다닐 거면 우리 집에도 오지 말고 이런 것도 갖다 주지 말아. 내 말도 저렇게 하고 다닐 것이구면."

찬욱은 홧김에 그녀가 들고 온 비닐봉지를 힘껏 밀었다. 비닐봉지가 옆으로 쏟아졌고 당근 몇 개와 감자가 번잡스런 소리를 내며 굴렀다. 깜짝 놀라 저만치 굴러가 버린 감자를 쳐다보던 수연엄마는 찬욱이 자신을 밀어내는 것처럼 느껴져 여간 민망한 게 아니었다. 그녀는 다른 비닐봉지를 멋쩍은 듯 뒤적거렸다.

"어머 내 정신 좀 봐. 내가 국거리 할 고기를 가져왔는데 여태 냉동실에 안 넣어주고 뭘 했는지 몰라. 요대로 냉동실에 넣어 둘게요."

수연모는 나가려다 말고 떨어진 감자를 집었다.

"이 감자는 왜 이렇게 싹이 피었대? 내가 이따 좋은 걸로다 바꿔줄게. 주고도 욕먹을 뻔 했네."

감자를 만지작거리며 수연모는 식당을 빠져나갔다. 찬욱은 가스레인지로 가 화력을 다시 올렸다. 그는 알고 싶지 않은 아니 들을 필요가 없는 남의 가정사를 듣고는 마음이 복잡해졌다. 갈 곳도 없는 데다 잔뜩 굶주리기까지 한 새 한 마리가 자신의 좁은 방에서 몸을 뉘고 있는 것 같았다. 찬욱은 안쓰러운 마음에 방으로 가 안을 살폈다. 여전히 이어폰으로 귀를 막은 채 휴대전화를 들여다보고 있던 정원이 찬욱과 눈이 마주쳤다. 엷은 미소를 보내더니 곧 엄지손가락을 치켜세웠다. 그가 들어 올린 엄지는 무엇을 의미하는 걸까. 찬욱은 묻지 않고 방문을 닫아버렸다. 잠시나마 그의 귀를 닫아 쉬게 해주고 싶었다.

제 5 장

애를 쓴다면
달라지는 건 있겠지

현철의 움직임이 커질 때마다 이불의 바스락거리는 소리도 함께 커졌다. 현철은 유정의 가슴을 한동안 어루만졌다. 그러다 그의 손바닥을 그녀의 배로 옮겨가 부드럽게 쓸었다. 그녀의 옆구리 살을 아프지 않게 꼬집더니 허리를 타고 다시 가슴으로 손을 올려 장난치듯 주물렀다. 유정의 미간에는 잔뜩 힘이 들어갔다. 자신의 옆에 누워 삼십여 분간 문지르고 주무르기만 하는 현철의 의도가 궁금했다. 그가 생각을 바꿨는지 입술을 유정의 목

덜미로 가져갔다. 그의 혀는 머물러 있는 자리에서 부드럽게 원을 그리다 목선을 따라 천천히 그녀의 가슴까지 내려갔다.

"하아…."

유정의 입에서 깊은 숨이 터졌다. 현철은 유정이 흥분하는 듯하자 움직임을 빨리했다. 유정은 두 손으로 자신의 얼굴을 크게 감쌌다. 숨을 쉴 수가 없었다. 아니 손바닥으로 얼굴을 가린 채 숨을 참아야 했다. 현철의 입술이 스치고 간 자리에는 한 시간 전에 먹은 갈치 비린내와 짜디 짠 젓갈 냄새가 남았다. 유정이 몸을 살포시 움직일 때마다 그의 입 아니 침 냄새는 그녀의 얼굴로 금세 올라왔다.

"오빠. 내가 할게."

유정은 몸을 틀어 자세를 고쳤다. 현철은 그녀의 움직임을 따르지 않고 귀에 속삭였다.

"오늘은 내가 해줄게. 내일 일찍 출근해야 하거든."

'해줄…게?'

유정은 '할게'가 아니라 '해 주겠다'는 말에 헛웃음이 나왔다. '아니 무슨 대단한 걸 하겠다고 아니 해주겠다는 거야'라고 되묻고 싶었지만 최대한 베게로 얼굴을 감싸 짜증을 숨겼다. 얼마 되지 않아 현철은 그녀 곁에 똑바로 누웠다. 여전히 한 손으론 유정의 몸을 주물럭거렸다. 유정은 가만히 누워 방 천장을 바라봤다. 플라스틱 레고만 만지던 사내가 보드라운 봉제인형을 품에 안고 애를 쓰는, 서툰 그가 안쓰러웠다.

"오빠. 아빠 가게에 좀 들렀다 집에 들어갈까 봐. 지금 일어나야 할 시간이야."

유정은 자신의 몸을 감싸고 있는 현철의 팔을 들어 품에서 빠져 나왔다. 현철은 바래다주겠다며 침대 옆에 벗어놓은 바지를 서둘러 입기 시작했다.

◇

"다른 남자도 좀 만나보지 그래?"

곁에서 따라 걷던 현철이 물었다. 유정은 고개를 돌려 그를 올려다봤다.

"갑자기 왜 그런 말을 해? 가만. 헤어지잔 말을 돌려서 하는 건가? 내가 지금 눈치 없는 거 아니지, 그런 거지?"

현철은 유정의 반응에 꽤 놀란 눈치였다.

"네 또래 괜찮고 능력 좋은 남자들도 많을 텐데 하필 나이 먹은 나를 왜 좋아할까 싶어서."

유정은 말끝을 흐리는 그의 말을 듣고는 그냥 웃었다. 기껏 자신의 집에 들여놓고는 변변한 환희도 주지 못한 채, 이렇다 할 섹스도 하지 못한 채 여자 친구를 집으로 돌려보내는 그의 마음을 이해 못할 건 아니었다.

"나이가 무슨 상관이야. 나를 얼마만큼 성숙하게 대하고 사랑해주느냐가 중요하지."

막 사랑을 시작한 몇 년 전보단 잠자리를 갖는 횟수도 급격히 줄었고 밖에서 외식하는 것보단 편한 옷차림으로 집에서 식사하고 텔레비전을 보는 게 더 익숙해진지 오래다. 하지만 유정은 적당한 시기에 긴장감을 주며 그의 노력이 멈추지 않게 채찍질하는 여자이긴 싫었다. 성적인 것뿐만 아니라 별다른 욕구조차 생기지 않는 현철은 자신의 나이를 탓했지만 유정은 그의 나이가 원망스럽지 않았다. 오히려 자신이 원한 건 바로 그것이었다. '나이 어린 자신이 떠날까 두려워하는 그를 바라보는 것', '자신에게 모든 걸 맞춰주는 이토록 어린 여자 친구가 이번이 마지막일지 모른다'는 불안감을 갖고 있는 그를 지켜보는 것이다. 이토록 흔들리는 현철을 보며 안정감을 찾아가는 자신을, 유정은 잘 알고 있었다. 항상 떠나가는 것들에, 온전히 자신의 것이 될 수 없는 것에 익숙해 있던 유정은 이렇게나마 사랑하는 남자를 곁에 붙잡을 수 있다면 그것에 만족했다. 지금이 아니면 또 시간이 지나면 젊음도 노력도 모두 흩어져 잡을 수 없다는 것을 잘

안다. 자존감이 낮은 자신이 그를 붙잡을 수 있는 것은 '한없이 자신을 낮추는 것'이다. 그가 용기를 잃어 자신을 놓아버리지 않도록 유정이 끊임없이 현철의 욕구를 충족시켜주는 것이다. 그것이 둘의 관계를 그나마 유지할 수 있는 힘이라는 걸 유정은 잘 알고 있었다.

"오빠. 아빠가 약주를 하고 계실지 아니면 잠 들어 계실지 잘 몰라. 내가 살짝 들어가서 먼저 보고 올게."

식당 앞에 도착한 유정은 현철을 놀이터 앞에 기다리게 하곤 조심스럽게 식당 문을 열었다. 방문 앞에 검정 정장구두가 가지런히 놓여있었다. 이 식당과는 전혀 어울리지 않는 아니 본 적 없는 구두였다. 그 자리에 서서 들리는 소리를 찾으려 애썼다. 방 안에선 아무런 소리도 들리지 않았다. 그녀는 살금살금 걸어가 까치발을 하곤 방문 위에 달린 조그만 창문 틈으로 안을 살폈다. 가느다란 팔을 움직이는 학생 같아 보이는 남자가 보였다. 근육 없이 매끈하게 빠진 흰 피부결의 그는 한쪽 팔을 꾸준히 움직이고 있었다. 그가 몸을 반대편으로 틀자 휴대전화를 가까이 들여다보고 있는 아이의 얼굴과 한 손으로 쥐고 있는 그의 성기가 선명히 보였다.

유정은 놀라 얼굴을 창에서 떼곤 뒷걸음질을 쳤다. 서둘러 식당 밖으로 나가 현철에게 달려갔다.

"아빠가 주무시나 봐. 우리 그냥 집으로 돌아가자."

성급하게 자신을 밀치는 유정을 보곤 현철이 당황한 듯 물었다.

"그럼 식당 불이라도 좀 끄고, 문 좀 잠그고 나오지 그래. 저렇게 가게 문을 열어놓고 나오면 어떡해."

현철은 가던 길을 멈추고 몸을 돌리려 했다.

"약주 드시다 주무서서…. 화장실 가시려면 불이 켜져 있어야 할 거야. 그냥…. 아빠가 알아서 하실 거야. 가자."

유정은 지금 자신이 무슨 말을 내뱉고 있는지 알 수 없었다. 그 아이의 살결과 거뭇하게 보였던 그의 발기된 성기가 눈에서 떨쳐지지 않았다.

◇

 유정은 집에 도착했다. 찬욱은 방 안에서 자신의 속옷과 옷가지들을 챙기고 있었다. 유정은 물끄러미 그의 뒷모습을 바라보곤 한동안 말없이 서 있었다.

"아빠는 이렇게 혼자 지내시기 괜찮아? 혹시라도 결혼 생각은 없고?"

유정은 건조하게 물었다.

"새삼스럽게 무슨 결혼 얘기야 다 늙은 애비한테. 왜? 결혼하고 싶은데 아빠 혼자 두고 결혼하려니 미안한 마음이 들어서 그래?"

찬욱은 어이가 없다는 듯 유정을 쳐다보며 웃었다.

"외로운 마음 같은 게 아빠에겐 있나 싶어서. 아니 없어보여서 그래. 결혼을 하지 않는 이유가 따로 있나 싶어서."

"외롭긴 뭐가 외로워. 우리 딸이 있는데. 그리고 네가 나이 먹어서까지 우리 둘이 같이 오손도손 살자면서. 너 시집가기 전에 나 엮어주지 못한 게 마음에 걸려? 그래서 묻는 겨?"

기분이 언짢은 자신의 마음은 아랑곳없이 장난으로만 말을 받는 찬욱이 맘에 들지 않았다. 유정은 목소리를 높였다.

"둘이? 둘이 오손도손 산다고? 지금 우리가 둘이 함께 살고 있는 거야? 난 그렇게 생각해 본 적이 없는데. 우린 각자 남처럼 살고 있는 것 같은데?"

찬욱은 웃으며 유정을 빤히 들여다보았지만 유정은 찬욱의 시선을 피했다. 눈을 마주치고 싶지 않았다. 찬욱은 유정의 냉담한 말투에 더 이상 말을 붙일 수 없었다. 현관 앞에서 신발을 신는 찬욱의 뒤에서 유정은 다시 물었다.

"아빠 식당 갔었어. 방문 앞에 검은 구두, 누구 거야?"

찬욱은 멈칫 하더니 뭔가가 생각난 듯 큰 소리로 말했다.

"아! 알겠다. 그거 손님 거야. 그래 유정이가 왜 이렇게 골이 났는지 알겠네. 아빠 이제 그런 일 없어. 그 옛날엔 현금도 만들어야 하고 그 놈들이 하도 부탁을 해대니까 어쩔 수 없이 방을 빌려주곤 했지. 이제 그렇게 노름하는 사람들 절대 방 안 내줘. 아빠가 또 그런 사람들 방 내줬나 오해했구나."

유정은 여전히 찬욱을 쏘아붙이며 물었다.

"그럼 그 검은 구두는 누구 건데?"

"식당에 매일 오는 학생이 있는데, 여기 잠깐 들르려고 가게 좀 봐달라고 했어. 그래, 걔가 너한테 인사는 하더냐?"

"아니. 그냥 구두만 보고 나왔어. 그런데 아빠. 그 애가 어떤 앤지 알아는 보고 방에 들인 거야? 걔… 믿을 만한 애야?"

유정은 자신의 눈으로 본 것을 차마 찬욱에게 말할 순 없었다. 아니 입에 담고 싶지 않았다.

"불쌍한 애야. 집안 사정도 좀 있고 마땅히 식사도 해결하기 힘든 상황이라…."

유정은 그 아이를 감싸는 찬욱을 한심하다는 듯 바라봤다.

"불쌍하다고? 남들이 보기엔 우리도 불쌍한 사람이야. 동네 지나가면 가여운 듯 쳐다보고 불쌍하다 위로받는 게 바로 나야. 아빠 딸이라고요. 그 애가 묻지도 않은 집안 사정 남들 앞에 들먹이면서 경계심 풀게 만들고, 동정이든 위로든 당연하게 받아내는 애인지 어떻게 알아. 그렇게 함부로 사람 동정하지 마. 그걸 이용하는 사람들, 널리고 널린 게 바깥 세상이야."

찬욱은 유정의 격한 반응을 피해 현관문을 세게 닫으며 집 밖으로 나왔다. 밖에서 대체 무슨 일이 있었는지, 왜 이토록 예민하게 구는지 유정에게 묻고 싶었지만 온전한 답을 들을 수 없는 상황임은 분명했다. 유정이 쏟아낸 위로와 동정, 이용과 경계심이란 단어가 찬욱을 혼란스럽게 잡아두었다. 그녀가 말한 그 단어들 모두를 혹시 자신이 품고 있는 건 아닐까, 그 끔찍한 괴물이 자신은 아닐까 의심하기 시작했다.

제 6 장

잃을 것이 없어서
두려울 것도 없다면

찬욱은 오래 전부터 들어오는 식당 입구 가장자리에 작은 조리 공간을 만들고 싶었다. 그 공간에서 조그마한 가스통을 두고 그 위에 무거운 무쇠 솥을 올려 기름요리를 하고 싶었다. 기름요리를 할 때마다 좋지 않은 냄새가 가게 전체 그리고 방까지 진동하는 게 싫었다. 이번처럼 장마가 길고 유난히 무더운 여름을 보내고 나니 더욱 간절해졌다. 날씨가 선선해지자 찬욱은 그 계획을 바로 실천에 옮겼다. 분식류가 제법 팔리는 오후 시간 때엔 바깥에 앉아 각종 야채와 해산물을 튀겨냈다. 밀가루 전분이 둘러진 고구마와 고추가 지글거리는 기름 위에 동동 뜨기 시작할 무렵이었다.

"기름 끓는 소리가 우리 학교 교문까지 들리던데."

정원이 찬욱을 올려다보며 웃었다.

"행여나."

찬욱은 쳐다보지 않은 채 장난스럽게 대답했다.

"아닌데? 맛있는 냄새가 우리 반 교실까지 나던데."

제법 친해졌다며 존칭을 생략하며 히죽거리는 정원의 말에 찬욱은 어이없다는 듯 웃었다. 집게로 고구마 튀김을 집어 대나무살로 듬성하게 엮어진 받침대 위에 놓았다. 주변을 두리번거리다 선반 밑에 있는 가위를 찾아 잘게 자르며 말했다.

"뜨거우니까 후- 불어 먹어. 꼭꼭 씹어서."

정원은 튀김 조각을 집어 입에 넣었다. 급하게 넣기부터 하더니 입안에서 이리저리 돌렸다. 볼에 바람을 넣고 빼며 식히기 바쁜 모양이었다. 찬욱은 오물거리는 정원의 입술을 보곤 웃었다.

"곧 군대 갈 놈이 오물거리는 저 입 좀 봐라. 영락없는 애다 애. 팍팍 시원스럽게 먹어야지. 남자 새끼가 계집애처럼 이쁘게 먹으면 못 써. 맛있냐?"

"24시간 이것만 먹으래도 먹겠어요. 튀김은 뜨겁기만 하면 다 맛있나 봐."

"안에 들어와서 천천히 먹고 가. 불 옆에 있으면 덥고 위험해. 끓는 기름 옆에 있는 거 아니야. 이제 애들 몰려오면 이거 금방 나간다. 아저씨가 냉장고에서 해산물 꺼내올게. 오징어랑 새우, 양념해서 넣어놨어. 그건 더 맛있어 야."

정원은 몇 개 더 집어먹기 위해 쌓아놓은 튀김들로 가까이 갔다. 갑자기 인기척을 느꼈는지 정원이 황급히 몸을 돌렸고 순식간에 식당 입구는 소란스러워졌다.

"내일 생일이라며? 우선 생일빵부터 받으시고!"

교복을 입은 학생들이 우르르 몰려들어 정원을 때리기 시작했다. 아수라장처럼 보이긴 했지만 실제로 몸싸

움 따윈 없었다. 냉장고 문을 열고 안을 살피던 찬욱은 식당 입구에서 큰 싸움이 일어난 줄 착각하고는 급하게 달려 나왔다.

"이게 뭣하는 짓이야! 친구들끼리 친하게 지낼 것이지 어디 친구 한 명을 괴롭히고 때려! 저런 못된 자식들 같으니."

찬욱의 고함소리를 들은 아이들은 놀라 뿔뿔이 흩어졌고, 남은 몇 명과 정원은 놀란 듯 찬욱을 바라봤다. 그 중 한명은 억울하다는 목소리로 말했다.

"싸운 게 아니라 그냥 장난친 건데요. 내일 정원이 생일이라서 생일빵. 생일빵 모르세요?"

"아무리 장난이라도 그렇지. 이렇게 펄펄 끓는 기름 앞에서 그러면 어떡하나. 이게 얼마나 위험한 짓인데. 화상이라도 입으면 어떡하려고. 잠깐 하루 이틀 앓고 끝나는 게 아니야. 평생 고생하면서 살아야 하는 건데. 그리고 정원이 너는! 아저씨가 여기서 기름요리 하고 있는 거 뻔히 봤으면서 그래. 위험하다고 내가 여러 번 말했잖아.

애들이 장난치려고 하면 '저만큼 가서 하자' 타일러서 데리고 나갔어야지. 니 팔자 조질라고 여기서 장난이야!"

항상 낮은 목소리로 다정하게 말하던 찬욱이 잔뜩 화가 나 다그치듯 말하자 정원은 무섭기도 하고 당황스럽기도 했다.

"아저씨. 죄송해요…."

정원은 장난기 없는 목소리로 숨죽여 말했지만 찬욱의 놀란 가슴이 진정되기엔 시간이 걸렸다. 그는 말없이 냉장고 안을 들여다보고 있었다. 정원은 그의 뒷모습만 바라보다 천천히 발길을 돌렸다.

냉장고 문을 활짝 연 채 한동안 안을 들여다보던 찬욱은 정신이 들었는지 손을 뻗어 여러 번 안을 뒤적거렸다. 부추가 담긴 비닐봉지 하나를 꺼내 다듬기 시작했다.

"생일이라면 곱게 축하해 줄 것이지. 나이도 어린 자식들이 말야. 학교만 제대로 다녔음 대학생에 지 형아뻘이구만. 어디 우습게 보고 장난질이야. 아무리 세상이 좋아져도 그렇지 그럼 못 쓰지 암. 정원이 저 놈도 사내 새끼가 저리 비실대고 물러 터지니 동생들이 맞먹으려고 들지."

찬욱은 이해가 안 된다는 듯 작은 소리로 중얼거렸다.

"조금만 기다렸다가 오징어랑 새우튀김 먹고 가라니까 그 걸 못 기다리고 삐쳐서 집에 가버.. 아!!"

찬욱은 이제야 생각이 난 듯 꺼내 놓은 해산물 그릇을 집었다. 그리고는 끓고 있는 기름을 내려다보며 한숨을 쉬었다.

◊

찬욱은 아침부터 분주했다. 새벽에 담가 미리 불려 놓은 미역을 들기름에 볶다 물을 부었다. 키친타월로 돌돌 말아놓은 굴비를 벗겨 튀겨내기 시작했다. 두꺼운 손을 여러 번 조물조물하며 여러 나물들을 무쳤다. 아침 기러기팀 중 한 남자가 식당 문을 열며 말했다.

"찬욱 형님. 오늘 형수님 기일입니까? 굴비 굽고 나물 무쳐놓은 거 보니 딱 그 날이구만. 이렇게 정성을 다 하시옵고, 하늘에서 형수님이 탄복해서 도와주시오니 형님 백반집 나날이 번창하시옵고."

뒤따라 들어오던 다른 한 사람이 끓고 있는 솥 안을 보더니 고개를 저었다.

"기일이 아니라 살아생전 형수님 생신이셨네. 미역국이야. 암튼 이 형님 세심함은 알아줘야 해."

찬욱은 미역국을 국그릇에 옮겨 담으며 말한다.

"여러 말 말고 먹기나 해."

찬욱은 그들 앞에 음식을 내 놓으면서도 가게 문이 열릴 때마다 고개를 크게 돌렸다. 굴비가 식어가고 담아놓은 나물 가장자리에 물이 생기기 시작하자 찬욱은 조바심이 들었다. 그는 아예 식당 밖으로 나가 길 한복판에 섰다. 자신이 볼 수 있는 한 멀리 내다보려고 애썼지만 어느 골목에서도, 어느 길 끝에서도 정원의 모습은 보이지 않았다.

'다른 날엔 꼬박꼬박 잘도 오더만 오늘 같은 날엔 왜 늦게 오고 그래. 내가 어제 언성 좀 높였다고 골났나? 내가 지한테 화가 났다고 오해했나? 형아한테 맞먹지 말라고 지 대신 애들 혼내줬구만. 사내자식이 왜 그리 속이 좁고 여린지….'

기러기팀은 모두 출근하고, 가게엔 찬욱 혼자만 남았다. 설거지를 하고 밥 한 그릇과 굴비 그리고 나물들을 담아 식탁 한 구석에 마련해 뒀다. 열시가 넘었지만 결국 정원은 나타나지 않았다. 찬욱은 찬장 구석을 뒤져 보온 도시락 통을 꺼냈다.

◇

찬욱은 길을 걷다 멈춰 이리저리 자신을 살펴봤다. 늘

어진 티셔츠 위로 입은 셔츠의 단추는 제대로 채워졌는지 신발 끈은 안 풀렸는지, 심지어는 팔뚝을 들어올려 옷 냄새를 맡아보기도 했다. 얼른 이 도시락 가방만 정원에게 전해주고 서둘러 공사장 인부들 점심을 준비하면 될 것 같았다. 찬욱은 운동장 중앙에 반듯하게 세워진 건물을 올려다봤다. 교무실이 아마 이 건물 안에 있지 않을까 싶었는데 역시 예상대로였다.

'그런데 이게 무슨 일이람.'

유정이가 학교에 다닐 때, 갑자기 비가 쏟아지던 날에도 찬욱은 우산을 갖고 학교에 가지 못했었고, 깜빡하고 도시락 가방을 들고 가지 못한 날에도 찬욱은 학교에 가지 못 했었다. 그런데 지금 남의 자식 생일을 챙겨준답시고 도시락 가방을 들고 학교에 와 있는 것이다. 유정이가 어릴 땐 사는 게 각박해, 돈 버는 것에만 혈안이 돼 담임선생님 한번 찾아가 보지 못 했었고, 이제 좀 여유가 생겼다 싶으니까 딸 유정은 학교를 이미 졸업해 버렸다. 그런 걸 생각하면 유정에게 미안해지는 찬욱이지만 자신도 모르게 정원에게 마음이 쓰였다. 어쩌면 어린 유정에게 못해준 것들을 지금 정원에게 대신 해주고픈 마음이 무의식 속에 있었는지… 아니다. 어제 쓸데없이 어린 놈에게 화를 낸 어른이 보내는 '사과'라고, 딸네 학교처럼 멀지 않은, 몇 발자국만 걸으면 도착하는 곳이기에 가능했다고 찬욱은 생각하고 싶었다.

찬욱은 교무실 앞에 서서 누군가가 나오기 만을 기다렸다. 가만, 이제 뭘 해야 할 것인가. 지나가는 누군가에게 보온 도시락 통을 건네주며 '3학년 장정원에게 부탁합니다'라고 말해야 할 것인가. '잠깐, 정원이가 몇 반이던가.' 찬욱은 주머니에서 휴대전화를 꺼내 114에 전화를 걸고 교무실 전화번호를 물었다. 전화 교환원은 바로 교무실로 통화를 연결시켰다. 수화기에서 울리는 전화벨 소리와 문 건너편에서 동시에 울리는 전화기를 바라봤다. 젊은 여성이 달려가 수화기를 집었다.

"혹시 장정원이라고, 고등학교 3학년인데 몇 반인지 좀 알 수 있을까요?"

"무슨 일이신지 여쭤 봐도 될까요?"

"아. 정원이가 오늘 도시락을 안 가져가서 전해주려고 합니다. 아님 교무실에 맡겨두고 가면 그 아이가 받으러 올 수 있게 해주시겠습니까?"

그는 교무실 문틈으로 그녀를 살피며 물었다. 그녀는 깍듯하게 인사를 하며 몸을 숙여 컴퓨터 키보드를 만졌다.

"안녕하세요, 아버님. 정원학생은 4반이네요."

찬욱은 인사 없이 서둘러 전화를 끊었다. 모르는 사람에게 '아버지'란 말을 듣는다는 게 귀가 간지러울 정도로 민망했다. 찬욱은 서둘러 계단으로 올라갔다.

◇

정원은 냉담하게 웃어보였다.

"그러니까 몇 번을 말씀드려요? 저 이 학교 다니는 3

년 동안 아니 꿇은 것 포함 5년 동안 한 번도 학교에 와 보시지도 않은 분들이에요. 다 제게 위임하셨다니까요? 하실 말씀 있으면 저한테 하세요. 제가 다 해결합니다."

눈에 힘을 들이지 않고 쳐다보는 정원과 달리 그를 올려다보는 젊은 선생은 바짝 약이 오른 표정이었다. 얼굴은 상기된 채 여러 번 교탁을 내려쳤다.

"네가 말이 통하지 않으니까 부모님을 아니 어른을 모셔 오라는 거 아니야! 네 집엔 어른 안 계시니? 말 통하는 어른. 보호자까진 아니어도 너를 혼낼 수 있는 어른이 집에 안 계시냔 말이야, 이 자식아!"

정원은 이제야 이해했다는 표정을 지었다. 하지만 여전히 빈정대는 표정으로 대답했다.

"말 통하는 어른이요. 아~ 진작 그렇게 말씀하시지. 하지만 저랑은 말이 통하는데 선생님하곤 말이 통할런지는 잘 모르겠네. 집에서 밥 해주는 아줌마가 있거든요. 엄마가 딴 집으로 시집가시면서 힘들게 배운 영어 까먹지 말라고 영국 아줌마, 금발의 '영국 아줌마'를 두고 가셨거든요. 그 분 오셔보라고 할 테니까 어떻게… 대화 가능 하시겠어요?"

젊은 선생은 바짝 약이 올라 양손을 바들바들 떨었다. 정원은 한층 더 꼬아서 그를 약 올리고 싶었다. 목소리를 낮춰 타이르듯 말했다.

"그러니까 젊은 기운에 괜한 힘 빼지 마시구요. 작년 제 담임선생님한테 인수인계 안 받으셨어요? 분명 제 얘기가 있었을 텐데. 대학 진로 상담하신다는 핑계로 저를 교무실로 부르세요. 그리고 몇 마디 하시다 그냥 담배 피우러 나가세요. 아 나가실 때 교무수첩 펴 놓고 가시는 거 잊지 마시고요. 그럼 거기에 제가 봉투 하나, 두툼하게 해서 껴놓."

말이 채 끝나기도 전에 정원이 큰 소리와 함께 정신을 잃을 정도로 뒤로 나자빠졌다. 이내 정원은 뻘게진 한쪽 뺨을 양손으로 감싸 쥐고 비틀거리며 일어났다.

"썩어빠진 새끼. 지 부모한테 뭘 보고 배운 거야! 보고 배운 게 하나도 없잖아. 부모 없이 자란 티를 내야 속이 시원하냐!!"

선생은 정원의 다른 뺨을 다시 올려쳤다. 정원은 두 무릎으로 겨우 몸을 지탱해 벽에 기대어 섰다. 그 찰나 뒷문이 슬그머니 열렸다. 선생은 그 쪽을 쏘아보며 소리쳤다.

"어떤 놈이 지금 들어오고 있어! 지금이 몇 시야!?"

뒷문 가까이 앉아있던 학생은 문틈을 조심히 살피며 대화를 나누고 있었다.

"야! 뒷문에서 꾸물대는 두 놈 나와!"

선생이 잡아먹을 듯한 눈빛으로 노려보자 학생 중 한 명이 억울하다는 듯 소리쳤다.

"정원이 아버님 오셨는데요! 도시락 안 가져 갔다고 도시락 갖다 주래요!"

학생은 보온 도시락 통을 높이 들어보였다. 순간 교실은 술렁였다. 선생은 놀라 정원을 쳐다봤다. 정원도 영문을 모르기는 마찬가지였다. 그는 양 얼굴을 감싸고 있던 정원의 손을 뿌리쳐 얼굴을 이리저리 살폈다. 두 볼은 넓은 이마와는 분명 다른 색깔이었다.

"시발."

선생은 별 수 없다는 듯 옷매무새를 급히 매만지더니 앞문을 열고 밖으로 나갔다. 뒷문에서 어슬렁거리던 찬욱과 어색하게 마주 섰다. 찬욱은 젊은 선생을 보자마자 자신이 왜 수업을 방해할 수밖에 없었는지를 설명해야 할 것 같았다.

"죄송합니다. 오늘… 도시락을 안 가져가서… 아 오늘이 다른 날도 아니고 정원이 생일이라서… 이것만 몰래 넣어주고 간다는 게…."

반 학생들은 일제히 앞, 뒷문으로 모여 그들의 대화를 지켜보고 있었다.

"아, 아버님. 죄송합니다. 뵙고 인사를 드리고 싶었는데…."

자신과 비슷한 나이 정도일 거라고 생각했는데 꽤 젊은 남자가 난처한 표정을 지으며 천천히 찬욱에게 걸어오고 있었다. 찬욱은 자신을 아버지라고 오해하는 선생의 말에 급히 손사래를 쳤다. 이렇게 누추한 행색의 모습을 두고 그가 정원의 아버지라고 오해하는 것은 원치 않았다.

"사실 방금 보신 건 항상 있었던 일이 아닙니다. 제가 진로상담 때문에 부모님 모시고 학교에 와 달라고 정원이에게 누누이 당부를 했는데 도무지 말을 듣지 않아서 말입니다. 출석일수도 모자라고 이런 식이면 또…."

찬욱은 뭐라고 말을 받아야 할지 모를 이 상황이 달갑지 않아 겸연쩍게 웃기만 했다. 때 마침 앞문으로 정원이 튀어나왔다.

"와… 좆 됐다."

교실 밖을 내다보던 학생들은 웅성거렸다. 하지만 찬욱에게는 그들의 말이 들리지 않았다. 찬욱은 미안한 듯 미간을 손가락으로 여러 차례 쓸어내리며 정원을 바라봤다. 도시락만 전해줄 작정이었지 이렇게 일을 크게 키울 생각은 찬욱에겐 없었다. 정원의 양쪽 볼은 빨갛게 부었고 표정은 몹시 상기되어 있었다. 그가 숨을 가쁘게 쉬고 있다는 것은 불규칙하게 들썩이는 양쪽 어깨로 쉽게 알 수 있었다. 다행인지는 모르겠지만 정원은 원망하는 눈빛도 창피하다는 눈빛도 찬욱에게 보내지 않았다. 텅 비어있는 눈빛, 찬욱을 바라보고 있는 것이 아닌 찬욱의 뒤편 어딘가를 넘겨보는 듯한 느낌이었다. 정원은 빠르게 달려 찬욱의 어깨를 스치고 달아났다. 찬욱은 고개를 돌려 그의 뒤를 끝까지 바라봤다. 동시에 선생은 한숨을 여러 번 길게 내 쉬었다.

"아버님. 이런 일이 종종 있었던 건 아닌데요. 오늘따라 정원이가…."

"나중에 듣겠습니다. 저 아이가 대체 왜…."

찬욱은 여전히 정원이 달려갔던 방향을 바라본 채 대답했다. 그의 발걸음 소리가 점점 작아지자 찬욱의 마음은 더욱 급해졌다. 뒤를 따라가려다 말고 찬욱은 선생을 무섭게 쏘아보며 말했다.

"가만 보니 내 새끼를 손찌검했구만. 자초지종은 천천히 듣겠지만 만약 우리 아이에게 뭔 일이 생긴다면, 이유가 납득가지 않는다면 아니 그 이유가 무엇이든! 난 당신을 가만두지 않을 거야. 저 불쌍한 새끼를 감히!"

찬욱은 그대로 계단을 뛰어 내려갔다. 달리고는 있지만 속도가 제대로 나지 않았다. 운동장이 너무 넓게 느껴져 주저앉고 싶었다. 달리면서도 자꾸 뒤를 살폈다. 더 빨리 이곳을 나갈 수 있게 도와줄 그 누군가를 찾았다. 넓은 운동장에는 찬욱, 더딘 움직임의 그 뿐이었다.

제 7 장

가여움을 들키면
약점이 된다

아침 8시 30분이 지났다. 아침 식사를 마친 남자 몇 명이 여전히 믹스 커피를 홀짝거리고 있었다. 커피를 다 마신 종이컵에 생수를 채워 마시는 사람도 있었고 컵에 자신의 입술이 닿았던 부분을 질근대며 이야기를 듣고 있는 사람도 있었다.

"오늘은 출근이 좀 늦어도 되는가봐. 물 끓여놨으니까 커피를 더 채워 드시든지. 나는 요 앞 은행가서 통장정리 랑 공과금 좀 내고 올게. 이왕 이렇게 된 김에 십 분만 더 앉아 있어줘, 알겠지? 잠깐 비밀번호가…."

찬욱은 혼자 중얼거리며 통장 안을 이리저리 살폈다. 알아차렸다는 듯 고개를 까닥 움직이더니 재킷을 대충 걸치고 밖을 나갔다. 십여 분이 지나 식당으로 돌아왔지만 그들은 한층 더 우울한 표정으로 앉아 있었다. 그들 중 찬욱과 친분이 있던 혁진이 일어나 그에게 다가왔.

"찬욱이 형. 혹시 급하게 돈 좀 끌어다 쓸만한 데가 어디 없을까?"

찬욱은 눈을 질끈 감고는 고개를 절레절레 저었다.

"요즘 누가 돈 쌓아놓고 사는 사람이 어디 있나. 그리고 이 동네에 돈 있는 사람이 어디 있는감. 죄다 힘든 사람들이지. 근데 왜 물어?"

혁진은 머리를 맞대고 앉아 있는 두 사람을 가리키며 말했다.

"용식이 아들 놈이 미국에서 폭력 사건에 휘말렸나봐. 학교에서 애들끼리 쌈박질했나보다 대수롭지 않게 넘겼는데 정학 처분 받고 한국으로 추방될지도 모른다네. 게 다가 합의금을 어느 정도는 만들어줘야 할 것 같다는데. 저 사람도 지금 처지가 딱한데 일이 이 지경까지 됐으니… 답답하네."

"어휴. 상황은 알겠는데 참…. 저 사람은 당분간 돈 안 받을 테니까 식사만 하고 그냥 가라고 해. 이럴 때일수록 끼니 거르지 말고 정신 똑바로 차려야지 어디라도 아프면 쓰간. 쯧쯧."

찬욱도 한숨을 크게 쉬며 쥐고 있던 통장을 찬장 위 구석에 넣었다. 그리고 재킷을 벗어 방 안으로 던졌다. 혁진은 아직 할 말이 남았는지 여전히 찬욱 옆에 서 있었다.

"형 혹시 모아둔…."

"에이. 내가 돈이 어딨어. 그리고 난 저… 우리 형님네… 땅에… 뭐시냐 암튼 거기에 다 묶여 있어서 못 풀어. 내가 나이도 들어가는 마당에 언제까지 이 식당을 할 수 있는 것도 아니고 딸년 결혼 자금이랑 살 곳이라도 마련해 주려면 땅으로 묶어놔야 할 것 같아서 한참 뒤에나 돈이 풀리지 지금은 어림도 없어. 당장은 나 먹고 죽을 돈도 없어."

 찬욱은 서로 불편할 이야기는 하고도 듣고 싶지도 않았다. 혁진이 돈 이야기를 꺼내려 하자 바로 말을 잘랐다. 그는 어쩔 수 없다는 듯 말없이 자리로 돌아갔다. 잠시 뒤, 그들은 종이컵을 구기며 자리에서 일어났다. 찬욱은 나가려던 혁진을 뒤로 불러 조용히 말했다.

 "내가 백만 원 정도는 있어. 그 정도는 택도 없겠지만 그래도 거기 왔다갔다 할 비행기 값은 되지 않겠나? 그 정도는 줄 수 있을 것 같은데. 나도 도와주고 싶지만 돈이 다 은행에 묶여있어. 그리고 네 친구지 내 친구는 아니지 않은가. 도와주지 못해 미안하다고 좀 전해줘."

 "그래요. 말해 볼게."

 혁진은 씁쓸하게 웃으며 가게를 나갔다.

◇

늦은 시간, 식당 안은 조용했다. 가스 불 위에서 들썩이며 끓고 있는 주전자 소리만 가득했다. 찬욱은 팔을 뻗어 머리 위 선반 위에 놓인 통 안에 손을 넣었다. 이내 보리 한 주먹을 쥐어 주전자 안에 쏟아 넣었다.

"손님이 없네요."

식당 미닫이문을 살짝 열어 정원은 고개를 들이민 채 웃고 있었다.

"늦은 시간에 웬일이야. 집에 안 갔어?"

정원은 배시시 웃으며 가게 안으로 들어왔다.

"밤 시간에 어떤 사람들이 오는지 궁금했는데 아예 사람이 없네. 아침, 점심 장사만 하고 밤에 이렇게 공쳐요?"

찬욱은 정원이 자신을 약 올리는 것 같은 기분이 들었는지 잔뜩 목소리에 힘을 주어 말했다.

"절대 아니지. 일 끝나고 저녁 못 챙겨 먹은 사람들

백반 정식 시켜먹기도 하고. 니네 학교 뒤에 학원가들 쫙 있지 않냐. 거기 애들 데려다 주고 수업 끝날 때까지 기다리면서 엄마들이 떡볶이랑 튀김 먹기도 하고. 애들 준다고 야참 싸가는 사람들도 있고. 오늘은 내가 만들어 놓은 거 다 팔려서 손님 안 받고 있는 거야."

정원은 찬욱을 보자마자 할 말이 마땅치 않아 그냥 던진 질문이었다. 하지만 찬욱이 장황하게 설명하는 걸 보곤 그냥 웃음이 났다.

"누가 뭐래요? 저녁엔 한 번도 와 본 적이 없어서 몰라 물었는데 말씀이 생각보다 기네요."

학교에서 두 볼이 빨갛게 부어올랐던 정원을 본 후 몇 주만에 마주하는 것이었기에 찬욱에게 안쓰러움과 반가운 마음이 동시에 일었다. 하지만 그날의 일을 정원에게 꺼내는 것은 좋지 않을 듯 했다. 반가움을 들키고 싶지 않아 했던 말들이 정원에게는 당황스러운 모습으로 비쳤겠지만, 찬욱은 개의치 않았다.

"어른 말씀하시는데 어디 길다 마다 말대답인가. 그럼

못 써. 남들이 보면 건방지다고 욕해."

"여기에 건방지다고 말하는 남들이 누가 있다고. 아저씨만 그렇게 생각 안 하면 됐지."

계속 웃으면서 말꼬리를 잡는 정원을 보고 찬욱은 피식 웃음이 났다.

"넌 재치가 있는 거냐 아님 이쁨만 받고 자라서 개념이 없는 거냐?"

"둘 다 아닌데요? 아저씨가 맨날 구닥다리 사람들하고만 대화를 하니 촌스러운 거예요. 저도 2년 꿇었다고 우리 반에선 노땅 취급받아요. 걔네들이 하는 말들은 하나도 못 알아먹겠어."

찬욱은 두 뺨이 부어오른 채 교실 앞에 서 있던 정원의 표정이 지금의 얼굴과 겹쳐 보였다. 텅 빈 그의 눈빛이 자꾸 떠올라 찬욱은 벌떡 자리에서 일어났다. 뒤로 돌아 서랍에서 국수를 한 줌 꺼냈다.

"오늘 어묵탕 만들어 팔았는데 남은 국물에 국수 말아 줄 테니 먹고 가."

정원은 환히 웃으며 말했다.

"그렇지 않아도 지금 그런 게 먹고 싶었어요. 편의점에서 김밥을 사다가 소주와 마셨거든요. 소주를 마실 생각은 없었는데 김밥을 먹으니 목이 메서 안 마실 수가 있어야지."

찬욱은 앉아있는 정원을 내려다보며 물었다

"배가 고팠냐 아님 속이 상했냐. 배가 고파서 속이 상해 김밥에 소주 마셨냐. 아님 속이 상한 걸 배가 아픈 걸로 착각해서…"

정원은 어정쩡하게 찬욱을 흘겨보며 말을 받았다.

"이런 게 아재개그구나. 알고 있는 아재들이 없어서 처음 당해봤네, 아재개그."

정원은 낄낄거리다 표정을 바꾸곤 말을 이었다.

"저랑 한 때 예술고등학교를 같이 다니던 친구를 만났어요. 그 애는 한국에서도 제일 좋은 대학교엘 들어갔는데, 그것도 모자라 프랑스로 유학간대요. 내가 고등학교 땐 걔보다 그림도 훨씬 잘 그렸는데…. 난 고등학교만

5년째 다니고 있는데 갠 대학 합격증을 두 번씩이나 받고. 저 고등학교 2년 꿇은 거 아시죠?"

정원이 조금 전까지 두 차례 말했던 말을 다시 묻는 것이 술이 취한 건가 싶어 찬욱은 대답 없이 듣기만 했다. 정원은 빙긋 웃었다.

"아 맞다. 지난번에 나 고등학교 꿇은 거 어떤 아줌마한테 들으셨지. 그래도 그 말 듣기 전에 짐작은 하셨죠? 내가 고등학생 치고는 철 좀 들어 보이긴 하지. 하하. 남들 쉽게 하는 고등학교 졸업도 여태 못했고. 저 열흘만 학교 더 빠지면 출석일수 모자라 고등학교 또 다녀야 한대요. 검정고시 치를 자신은 없어서 그냥 교실에 앉아 있기만 하고 졸업장 받으려고 하는데, 그게 왜 이렇게 힘들지? 제일 쉬울 줄 알았는데."

어린 애의 주정이라고 듣기엔 그의 발음은 너무 분명했고 어린 애의 푸념이라고 듣기엔 그의 걱정이 너무 사소하게 느껴졌다.

"너 유모차 안에 있는 아이가 21개월인지 29개월인지 알 수 있겠냐? 그 애가 엄마 젖을 먹고 있는지 다 떼고 이유식을 먹고 있는지 그게 네게 중요하던? 네가 고등학교를 일찍 졸업했던 5년을 다니던 내가 알 도리도 없고 알 필요도 없어. 대학에 들어가면 몇 학번이 되는지 대체 몇 년생들이 사회 초년생으로 쏟아져 나오고 있는지 이제는 궁금하지도 않아. 나에게는 그냥 아득한 일, 아니 상관없는 일이라는 생각이 들어. 인생이 그래. 고작 이십 년 산 네가 보기엔 세상 모든 게 다 힘들고 치열해보이겠지만. 내 나이 돼봐라. 근데 이 말 나도 참 싫어했는데 그래도 달리 말해볼 것을 못 찾았네. 아무튼 나이가 들면 아픈 일이 더 많아. 사랑하는 사람들 죽음도 마주하게 되고 배신도 당해보고, 병들어 가는 친구들 소식도 듣게 되고, 이런 저런 사고를 당하게 되고. 그래. 늙어가는 나의 모습을 바라보는 일 또한 참 착잡하지. 너는 지금 머릿수만 채워 앉아있기만 하면 졸업하는 학교라고 하지만 그 학교를 졸업해 봐라. 인생은 그렇게 가만 있다가는 잡아먹히기 일쑤야. 실적 내랴 존재감을 알리랴, 처

자식 먹여 살리랴. 먹여 살리면 부모로서 책임이 끝나나? 자식 면 세워주랴 이꼴 저꼴 험한 꼴 안 당하게 발버둥 쳐서 막아주지. 네 부모님은 성공하셔서 그런 걱정 안 하셨을 것 같지? 다들 그렇게 하고 사셨기 때문에 그 자리에 올라선 거야. 그리고 넌 돈 없어서 학교 못 다닐 걱정은 안 하잖니. 학비 대줄 부모님 계실 때 부지런히 학교 마쳐라. 대학교 그리고 대학원 갈 능력되면 부모님이 내 주신다고 할 때 부지런히 졸업장도 따 놓고. 부모는 그러라고 있는 거야. 든든한 부모 있는 것도 복이라고 생각하고. 네가 사람구실 할 준비가 되어 있을 때 그 때 부모님이 쓰러지시면 네가 듬직한 버팀목이 돼야하지 않겠냐."

찬욱은 정원의 고민들을 하찮게 생각하는 것은 아니었다. 하지만 그 고민을 마냥 좋게 받아주다 보면 자꾸 나약한 생각이 그를 지배할 것 같아 걱정됐다. 아니 자신의 처지를 핑계로 노력을 하지 않을까 염려됐다.

"제 부모님이야 각자 결혼해서 거기 딸린 자식들 바라

보며 사시는데 저한테 뭘 바라시겠어요? 저는 두 분의 숨기고 싶은 치욕스러운 과거 그것에 대한 증표, 아니 소각시키고픈 쓰레기?"

정원의 그 말에 찬욱이 크게 역정을 내려하자 정원은 급히 화제를 돌렸다.

"그래서 아저씨는 그렇게 따님 기르고 공부 다 시키셨어요?"

"그럼. 난 열심히 살았어. 이 가게 운영하면서 학교 다 보내고 나 죽으면 돈 걱정 없이 지낼 집도 마련했고. 그게 부모의 몫이야. 지 엄마한테 받아야 할 사랑은 내가 팔자가 박복해 못 만들어줬지만 그것 빼곤 내가 다 해줬어. 필요하다면 무슨 수를 써서라도 해줬지. 엄마만 못 만들어 줬고."

정원은 담담히 말했다.

"돈은 좀 부족했더라도 엄마랑 함께 사는 게 누나한테는 더 좋았을 지도 몰라요. 젊으셨을 때 재혼하시지 그랬어요?"

"부모님 다 갖추고 있다고 꼭 행복한가? 그럼 한번 보자. 넌? 부모님 두 분 다 계시고 거기에 또 한 분씩 더 계시니. 따블로 따따블로 행복하냐?"

정원은 어이가 없다는 듯 목소리를 높였다.

"정말 못됐다. 내 사정 뻔히 알면서 이렇게 놀려 먹는 사람은 처음 봤어. 그건 제 약점이잖아요!!"

찬욱은 약이 바짝 오른 정원이 귀엽다는 듯 껄껄 웃으며 말했다.

"많아도 약점, 부족해도 약점. 적당히가 참 어렵네, 그치?"

찬욱은 고명을 수북이 올린 잔치국수를 정원 앞에 내놓았다. 자신의 가여운 처지를 보고 스스로를 동정하는 순간 그 상처는 약점이 된다는 것을 정원이 알았으면 했다. 그 약점을 타인에게 들키는 순간 화살이 되어 자신의 마음을 후비고 도려낼 거라는 것을 배워갔으면 했다. 상처는 당연하고 감사한 것이지, 훈장처럼 취급해선 안 된다는 것을 가르쳐주고 싶었다.

◇

 "집에 들어가기 싫어요. 어차피 내일 아침에 밥 먹으러 여기 또 올텐데. 여기서 자고 밥까지 얻어먹고 학교가면 안되나?"

 국수를 먹는 내내 말이 없더니 사발을 내려놓자마자 정원이 떼를 쓰듯 말을 했다.

 "이렇게 좁은 데서 어떻게 잔다구."

 찬욱은 단호했다.

 정원의 공허한 마음을 모르는 것도 아니었지만, 오랫동안 누군가와 함께 자 본 적이 없는 찬욱에게는 생각만 해도 답답함이 몰려 왔다. 찬욱은 방문을 활짝 열어 방안을 살펴보며 이리저리 냄새를 맡았다. 아무래도 정원을 이 방에 재우려고 하는 듯 했다.

 "지금은 밤도 늦었으니까 고등학생 혼자 집에 가라고 하면 위험하기도 하겠네. 넌 여기서 아쉬운 대로 자. 난 어차피 딸 네 집에 다녀와야 하니 거기로 가마."

"에이. 혼자 자려면 집에 가서 자지 왜 여기서 잔다고 하겠어요. 우리 밤 새워 얘기해요. 잠은 학교 가서 자면 돼요."

찬욱은 손가락을 세워 정원의 이마를 톡 건드리며 말했다.

"잠은 집에서, 공부는 학교에서. 넌 어째 이렇게 딱한 생각만 하냐. 아저씨는 내일도 일해야 해서 너랑 밤새 말장난하면서 못 있는다. 문 잘 닫고 자. 알겠지?"

찬욱은 재킷을 꺼내 입고 가게 문 잠그는 법을 알려줬다.

"내일 저 일어나기 전에 오시면 안돼요? 어렸을 때처럼 부엌에서 칼로 도마 두드리는 소리, 밥 하는 냄새 맡으면서 일어나고 싶어. 보글보글 찌개 끓이는 소리 나면 엄마가 일어나라고 부르잖아요. 으음…."

찬욱은 혼자 감상에 취해 조잘거리는 정원이 귀여웠는지 그의 머리를 잔뜩 헝클어뜨렸다. 문단속 잘 하라는 말을 다시 하곤 찬욱은 운동화를 구겨 신으며 밖으로 나갔다. 정원은 한층 기운 빠진 얼굴로 식당 형광등을 껐다. 이불을 펴고 누워 방안 구석구석을 살폈다. 그가 놓고 간 열쇠 꾸러미가 보였다. 딸 유정의 집으로 무사히 들어갈 수 있을 거라 생각했지만 내일 어떻게 찬욱이 가게 문을 열고 들어올지 염려가 되었다. 자신이 깊게 잠들어 버려 그의 아침 장사에 피해를 주지 않을까 걱정이 됐다. 잠긴 가게 문을 열고 문만 닫아 두었다. 찬욱이 들어오는 소리를 들을 수 있게 방문을 반쯤 열어두곤 정원은 잠이 들었다.

화장실을 다녀온 정원은 다시 방 안에 들어와 누웠다. 전기장판의 불을 다시 올렸다. 새벽 5시 30분. 요즘처럼 일교차가 심한 날엔 이 식당만한 자신의 방에도 보일러를 올려 기온을 높이는 것 보단 이 작은 전기장판이 효율 면에서 좋을 것 같았다. 정원은 전기장판을 등 뒤에서 허리 밑으로 그리고 배 위로 옮겨가며 몸을 따뜻하게 만들고 있었다. 잠이 오지 않았다. 아니 잠을 자고 싶지 않았다. 이 방에 가만히 누워 밥을 짓는 향기, 이른 아침에 부산하게 움직이는 부엌의 소리를 느껴보고 싶었다.

스르륵.

미닫이문이 열리는 소리가 들렸다. 정원은 이불 위에 누워 피식 웃었다. 조금만 더 자는 시늉을 해 보기로 했다. 움직이며 내는 까실한 재킷소리만 밖에서 작게 들렸다. 언제까지 저렇게 소리를 작게 만들 작정인지, 그런 찬욱의 배려가 몇 분간 지속될런지 정원은 좀 더 지켜보기로 했다. 문이 열리고, 큰 서랍이 열리고, 작은 서랍이 열렸다. 여러 개의 작은 서랍이 순서 없이 열렸지만 닫히는 소리는 없었다. 언제까지 어둠 속에서 그가 머물 예정인지 궁금했다. 발걸음 소리가 어지럽게 들렸다. 그 소리의 끝엔 차가운 구두 굽 소리도 느껴졌다. 정원은 고개를 들어 밖을 살폈다. 인기척만 느껴질 뿐 보이는 건 없었다. 정원은 살며시 일어나 불을 밝혔다. 모든 소리가 멈췄다. 정원이 방문을 열자 모두 활짝 열린 서랍장과 마주했다. 재빨리 고개를 돌리니 밖으로 뛰어 나가는 한 사람의 그림자가 보였다.

정원은 달렸다.

제 8 장

잃어버린 걸까
사라진 걸까
떠난 걸까

깊은 잠에서 깨어났다. 찬욱은 분명 눈을 여러 번 깜박였지만 여전히 칠흑 같은 어둠만 보일 뿐이다. 몸은 아침을 느끼지만 눈은 몸을 더 뉘라는 듯 움직이지도 떠지지도 않았다. 찬욱은 피식 웃었다. 몇 분간 더 눈을 감고 누워있던 찬욱은 팔과 다리를 길게 늘여 기지개를 폈다. 아 꿈인 게 분명했다. 손끝과 발끝에 아무 것도 걸리는 것이 없었다. 조그마한 선반도 뻗은 손끝에 닿지 않았고 놋주전자도 발끝에 닿지 않았다. 어젯밤, 별로 고

되지도 않았는데 왜 이렇게 잠에 취해 있는 걸까. 어제의 저녁 손님들을 떠올려 보기 시작했다. 만들어 낸 음식부터 차근차근 기억을 더듬었다. '마지막 손님을 내보내고 설거지를 마치자 스르륵 문이 열렸고…. 정원. 아! 정원…

정원?'

찬욱은 한쪽 발을 사방으로 어지럽게 움직였다. 여느 때처럼 발끝으로 충전 줄을 길게 늘어뜨린 휴대전화를 찾을 수 없었다. 벌떡 일어나 앉았다. 이제야 알았다. 꿈이 아니라는 것을, 여기는 식당의 조그마한 방이 아니라는 것을.

찬욱은 그대로 일어나 재킷을 손에 쥐고 달렸다. 그것을 입을 정신도 없었다. 달리면서도 계속 생각했다. 어제 쌀은 물에 불려 놨는지, 오늘 국에 넣을 북어는 두드려 찢어 놨는지, 차라리 콩나물에 김치를 풀어 넣고 국을 끓여야 할런지, 그런 생각들로 갑자기 짜증이 밀려왔다.

'그러니까 그 놈 새끼. 지 집에 가서 잘 것이지. 내가 만에 하나 이럴까봐 거기서 자는 거구만.'

찬욱이 입을 움직여 중얼거리기엔 바람이 너무 찼다. 찬욱은 어젯밤 가게를 나서면서 뒤에서 정원이 했던 말들을 떠올렸다. 음식 만드는 소리에 행복하게 눈 뜨고 싶다고. 꼭 자기가 일어나기 전 먼저 와서 그 소리에 깨워 달라고. 지 부모도 아니고 내가 왜 그 어린 놈 비위 맞춰주며 정성을 다하고 있나, 이 꼴로 정신없이 달리고 있나 싶다가도 정원이가 히죽거리며 자기를 바라보고 있는 걸 생각하면 미운 생각이 가셨다.

식당이 먼발치에서도 보였다. 식당의 미닫이문이 활짝 열려 있었다. '화장실을 간 건가?' 정원이 일어나기 전 먼저 가게에 도착하겠다는 약속은 지키지 못했지만 '네 놈 때문에 기러기 팀 아침이 늦을 뻔했다'며 되레 큰 소리를 낼 것이다. 그래서 그 아이의 원망을 무마시켜 볼 작정이다. 식당에 가까이 갈수록 그 안의 썰렁한 느낌이 흐릿한 찬욱의 시력에도 느껴졌다. 숨을 고르고 천천히 식당으로 들어갔다. 작은 방에 켜진 불빛의 기운으로 식당 내부가 희미하게 보였다. 낯설었다. 자신이 이십여 년 간 지켜온 이 곳이지만 이토록 낯설고 썰렁한 기운은 느껴보지 못했다. 눈을 돌려 뒤늦게 활짝 열린 서랍장들을 발견했다. 얼른 달려 나가 화장실로 향했다. 정원을 불러봤지만 아무 소리도, 그의 모습도 없었다. 가게로 들어와 벽면에 붙은 형광등 전원을 올렸다. 서랍장 하나하나, 고리가 달려 당겨 열 수 있는 서랍이란 것들은 죄다 열려 있었다. 찬욱은 재빨리 어제 아침 은행에 다녀와 통장을 놓아 둔 찬장 위를 손끝으로 더듬었다. 없었다. 의자를 받치고 올라가 아예 고개를 넣어 살폈지만 없었다. 그 곁에 차곡히 접어놓은 지폐 뭉치도, 공사장 인부들이 달아놓은 외상을 적은 장부도 함께 없어졌다. 자신의 예상이 틀려야만 했다. 찬욱은 찬장을 앞으로 힘껏 당겨 끌었다. 그릇 여러 개가 정신없이 쏟아지며 깨졌다. 찬욱은 기어코 찬장 뒤를 살펴야만 했다. 그 통장과 지폐, 장부 모두가 찬장 뒤로 넘어가 먼지들에 뒤엉킨 채 자신의 눈 앞에 보여야만 했다. 역시 없었다. 찬욱은 깨진 접시 조각들 위로 주저 앉았다. 표정을 잃었다. 이젠 꿰어 맞출 수 없이 조각난 접시를 멍하니 바라보는, 숨을 쉴 수 없을 정도로 굳어가는 그의 눈과 마음이 딱딱하게 얼어 움직이지 않았다.

마지막 장

외로움에 너를 잊었고,
즐거움에 너를 찾는다

바람이 몹시 불었다. 내리는 눈은 과연 무게라는 게 있을까 싶을 만큼 춤을 추듯 날렸다. 늦가을 낙엽도 저렇게 요란스럽게 흩날리지 않았던 걸 보면 눈은 무게가 없는 것이 분명했다.

 '눈은 녹으면 흔적도 남기지 않으니… 그래. 나도 저렇게 가볍게 살다가 들키지 않게 사라지고 싶다.'

 찬욱은 많아지는 생각을 멈출 수 없었다. 식당 한쪽 문을 반쯤 열고 몸을 기대어 바깥을 내다봤다.

"형님, 문 좀 닫아봐. 힘이 넘치는 갑네. 뒷바람에 등이 시려 밥이 안 넘어가는구만."

아침식사를 하던 남자가 장난스럽게 말했다. 찬욱은 멋쩍은 듯 웃으며 살며시 문을 닫았다. 식히느라 미리 컵에 따라놓은 보리차를 식사 중인 사람들 앞에 놓았다. 닫혔던 식당 출입문이 다시 열렸다.

"안녕하세요. 아침 먹으려고…."

식사를 하던 기러기팀 중 한 명이 식당에 들어온 학생에게 장난을 걸기 시작했다.

"누가 너 아침 준다던? 이 시간에 여긴 기러기들만 먹는 데야. 딴 데 가서 알아보는 게 좋을 거다. 네 아빠는 기러기 몇 호냐? 오늘 여기 밥 먹으러 안 온 기러기가 누구야? 자기 대신 너보러 아침 먹고 학교 가라던?"

학생은 그들이 던지는 질문의 의미를 파악하지 못한 채 문 앞에 바짝 서 있었다. 조심스럽게 식당 내부를 살피던 학생은 찬욱을 보곤 이 식당의 주인처럼 느껴져 작게 물었다.

"아저씨. 혹시 아침 먹을 수 있어요?"

"야. 그 분한테 물을 필요도 없어. 방금 전에도 말했지만 여긴 아침밥 차려줄 부인 없는 사내들이 모여서 아침밥 먹는 곳이야. 짝 잃은 기러기들. 이래뵈도 이 식당이 아침엔 회원제야, 회원제. 형님! 아침엔 비회원 안 받죠?"

서 있던 학생은 그 말에 아랑곳하지 않고 잔뜩 어색한 표정으로 찬욱만 바라보고 있었다.

"여기 아침밥이 맛있다고 해서…. 가면 아침밥 먹을 수 있을 거라고 해서…."

찬욱이 보기에는 돈이 없어서, 식사할 곳이 마땅치 않아서 이곳에 들어온 아이는 아니라고 생각했다. 찬욱은 앞에 놓인 등받이 없는 의자를 빼고 말했다.

"밥 때 온 사람을 그냥 보낼 수 있나. 콩나물 국밥이나 한술 뜨고 가."

찬욱은 말없이 국사발을 학생에게 건네곤 다시 출입문을 살짝 열었다. 학생은 국밥과 반찬이 담긴 큰 접시를 받곤 가방에서 휴대전화를 꺼냈다. 이리저리 손목을 움직여 보더니 사진을 찍어 누군가에게 전송했다. 몇 초 뒤 작은 진동음이 울렸다.

찬욱은 고개만 문 밖으로 내민 채 떨어지는 눈을 바라봤다. 이내 하늘을 올려다봤다. 내리던 눈이 사라지는가 싶더니 고개를 내리니 하얀 먼지처럼 흩날리는 눈이 시야를 다시 어지럽혔다.

'어떻게 바라보느냐에 따라 눈을 볼 수도, 숨길 수도 있구나. 눈은 자신을 보이고 싶어서 하얀색일까 자신을 숨기고 싶어서 하얀색일까. 요란하게 오다가 소리 없이 사라지는 건 우리 인간들이랑 다를 것도 없네.'

하얀 하늘을 오래 올려다 본 찬욱은 눈이 피로했는지 몇 번 끔뻑거리고는 몸을 돌렸다. 식당 안은 그 학생뿐이었다. 학생은 식사를 끝냈는지 지갑을 꺼냈다.

"왜? 돈 내려고? 돈은 얼마 줘야한다고 그러던?"

찬욱은 무표정한 얼굴로 학생에게 물었다.

"그런 얘기는 못 들었고… 얼마를 드려야…."

"낼 필요 없어. 아침 든든하게 먹었으니 가서 공부 열심히 하고."

찬욱은 이미 그가 앉은 의자를 식탁 아래 깊숙이 넣곤 정리를 시작했다.

"저 어제 특차로 대학에 합격했어요. 학교는 방학이라 안가도 되고. 오늘 저… 정원이 보러 가요."

"누구?"

찬욱은 엉겁결에 물었지만 곧 표정을 잃었다.

"아. 걔가 보내서 여기 왔구나. 뭐라던? 나 잘 지내고 있는지 살펴보고 오라던? 건방진…."

"정원이는…"

학생은 황급히 찬욱의 말을 받으려했지만 찬욱은 기회를 주지 않았다.

"넌 말할 필요 없다. 난 들을 필요도 없고. 이젠 너희같이 어리고 배운 것 없이 막 되먹고, 사람 호의를 거지

같이 알고 지들 못난 처지, 아니 사실 못나지도 않았지. 온갖 세상 시련 다 끌어안고 있는 듯 불쌍한 척 하며 사람에게 동정이나 바라고 그걸 또 당연한 듯 여기고. 사람 마음 열게 해서 그 속 다 후벼 파고 나 몰라라 하는 그런 것들. 이젠 꼴도 보기 싫어. 난 여기 오는 사람들 중 한 명의 자식 놈인 줄 알고 너한테 밥 줬지, 정원이 그 놈 친구인 줄 알았으면… 모르겠네. 알면 줬을지도….”

찬욱은 신경질적으로 바닥을 빗자루질하며 낮게 말했다.

"정원이가 무슨 잘못을 어떻게 아저씨에게 했는지는 모르겠지만…"

"잘못? 아니지. 정원이가 무슨 잘못을 했겠니. 내가 부덕한 탓에 그런 꼴을 봤지. 됐다. 그냥 못 들은 걸로 해라. 아저씨도 점심 장사하려면 준비해야 할 게 많거든? 그만 가 주겠니?"

학생은 찬욱에게 등 떠밀려 나가면서 잠깐만 기다려 달라고 말했다. 하지만 찬욱은 막무가내였다. 그 학생은 몸을 완전히 틀어 찬욱의 손목을 잡았다. 그리고 그를 올려다봤다.

"말씀 드릴 생각은 아니었는데 드려야겠네요."

그는 답답하다는 듯 말을 꺼냈다.

"정원이… 죽었어요."

그는 잡고 있던 찬욱의 손목을 슬며시 내려놓았다.

"아저씨네 가게, 그래요. 저 방에서 자던 날 제게 전화를 했어요. 이 방에서 잔다고. 엄마 아빠가 평생 자기에게 말을 걸어준 것 보다 더 많은 이야기를 해주고, 엄마가 챙겨준 밥의 횟수보다 아저씨가 해준 아침밥이 훨씬 많고, 맛있고. 또 뭐라더라. 이 감정이 뭔 줄 모르겠는데 이게 사람들이 말하는 행복이란 거냐고. 제게 행복이 뭐냐고 물었어요. 아마도 그걸 지금 경험하고 있는 것 같다고."

학생의 목소리는 떨렸다. 말을 하면서도 과연 해야 할

말인지, 해도 되는 말인지를 스스로 가늠해보는 것 같았다.

"다음 날 학교에서 만나자는 말이 정원이의 마지막 말이었어요. 그리고 그 다음 날 경찰들이 학교로 찾아왔어요. 쓰러져 죽어있는 정원이의 사진을 들고 우리 학교 학생이 맞는지 물었대요. 차에 치였다고…. 새벽에 달려가던 어떤 사람을 미친 듯이 쫓아가다 튀어나온 트럭에 받혔다고 했어요."

찬욱은 얼이 나간 듯 방 문턱에 걸터앉았다. 학생이 하는 말들을 듣고 있는지 알 수 없었다. 눈은 이미 초점을 잃은 채 고개는 심하게 기울어져 있었다.

"우린 같은 입시 준비반이었어요. 경찰이 여러 번 제게 전화를 걸었죠. 아 정원이 엄마에게도요. 통화 기록에 마지막으로 정원이와 대화를 한 게 저였다면서 혹시 마지막 유언 같은 건 없었냐고. 죽음을 암시한 어떤 건 없었냐고요. 정원이에게 미안했지만 저는 어떤 식으로든 일에 연루되고 싶지 않았어요. 수능도 얼마 남지 않았고 사실 이미 그는… 죽었잖아요. 제가 수능을 포기하고 그를 밤낮으로 걱정해 그가 살아올 수 있다면 전 그렇게 했을 거예요. 하지만….

전 정원이가 전화해서 숙제를 물었다고 했어요. 그는 분명 자살이 아니고 그걸 저지를 이유도 없었을 거라고 그건 분명 트럭에 치인거지 일부러 달려든 게 아닐 거라고 말했죠. 그리고 그 전날 밤, 아저씨네 집에서 잠을 잤다는 말도 하지 않았어요. 정원이가… 그걸 원했을 것 같진… 않아서요."

찬욱은 조용히 방문을 닫았다. 방에는 정원이 떠난 새벽, 정원이가 놓고 간 휴대전화가 충전 줄을 달고 방구석에 덩그러니 놓여 있었다. 찬욱은 두꺼운 손으로 그의 휴대전화를 감쌌다. 화면엔 십여 분 전 '김영호'가 보낸 문자가 도착해 있었다. 자신이 방금 차렸던 콩나물 국밥과 반찬들이 삐뚤게 있는 사진 한 장도 함께였다.

[네가 좋아하던 아침밥. 나도 먹으러 왔어. 곧 만나자.]

찬욱은 자신의 무릎 안에 고개를 깊게 파묻었다. 몇 분이 흘렀을까. 이내 정신을 차리곤 다시 방을 나갔다.

"나이가 들면 정신이 깜박깜박해. 네가 영호지? 정원이가 너 참 좋은 친구라고 여러 번 얘기 했는데 아저씨가 아까는 정신이 없어서 네 이름이 생각나지 않았어."

영호는 고개를 끄덕이다 얼굴을 일그러뜨렸다. 누르고 있던 감정이 쏟아지기 직전이었다.

"미안. 잠깐만 기다려 줄래?"

찬욱은 찬장에서 보온 도시락통을 꺼냈다. 남은 콩나물국과 반찬들을 눌러 담곤 영호에게 건넸다.

"전해줘. 아저씨는 안 간다고. 아니 안 갈 거라고, 절대. 나중에 시간 많이 지나고 내가 할 일 다 마치면 그때, 그 때 정원이가 있는 하늘로 직접 보러 갈 거라고. 아저씨 까먹지 말라고 전해줘. 알겠지?"

영호는 고개를 들지 않은 채 그 자리에 서 있었다. 그의 표정까지 살필 여유가 찬욱에겐 없었다.

"아. 잠깐."

찬욱은 다시 방으로 들어갔다. 정원이 채 입지 못한 채 방에 남겨 둔 교복 상의와 카디건을 옷장에서 꺼내 단정히 접었다. 그리고는 정원의 휴대전화를 집었지만 만지작거리다 다시 바닥에 내려놓곤 방을 나갔다.

"추울 텐데 입고 있으라고 전해줘. 근데 5년 다닌 고등학교를 그렇게 졸업하고 싶어 했는데 또 이걸 입고 있으라고 하면 내가 못된 사람일까?"

찬욱은 껄껄 웃었다. 하지만 영호는 따라 웃지 않았다.

 영호가 식당을 나가고 찬욱은 가게 안에 한동안 서 있었다. 찬욱은 천천히 몸을 움직였다. 가스 밸브를 잠그고 벽에 꽂힌 모든 전기선들을 뽑았다. 식당 문을 밖에서 자물쇠로 걸었고 무거운 철문도 내려 잠갔다.

 하늘을 다시 올려다봤다. 여전히 하늘에선 눈이 날리고 있었다. 고개를 내리면 건물 위로 쏟아지는 눈이 보였고 고개를 들면 하얀 하늘에 가려 눈이 보이지 않았다. 찬욱에게 살며시 다가왔다 사라지길 반복하는 정원을 보는 것 같았다. 그가 떠난 날부터 하루에도 몇 번씩 부산스럽게 굴다가도 눈 녹듯이 사라지는 정원처럼. 그런 그가 지금 하늘에서 내려오는 것 같았다. 훨씬 가벼운 마음으로, 가고 싶은 곳을 자유롭게 날아다니고 싶어 세상의 무게를 던져버린 정원이 반가웠다. 찬욱은 고개를 들어 정원을 바라봤다. 찬욱의 뺨 위로 정원이 내렸고, 흐르는 눈물에 녹아 함께 뺨 위를 구르며 흘렀다. 정원이 그 놈도 자신을 따라 함께 울고 있는 게 분명하다며 찬욱은 소리를 내며 웃었다.

끝

작가의 말

 당신은 오늘 하루 얼마나 많은 질문을 받았는가. 그리고 당신은 오늘 하루 얼마나 많은 질문을 나자신에게 / 타인에게 던졌는가.

 그 질문들이 얼마나 내게 / 상대에게 중요했는지, 얼마나 내가 / 상대가 궁금했는지 그리고 얼마나 서로에게 묻고 싶어 견딜 수 없는 것이었는지를 기억해 낼 수 있는가.

 마주했을 때 적당한 인사말이 생각나지 않아 적당히 물은 '안부'는 아니었는지, 자신보다 얼마나 나은 위치에서 생활을 하고 있는지 알고 싶어 물은 '견제형 인사'는 아니었는지. 그렇다면 그 질문을 받은 상대가 어떤 심정이었는지 헤아린 적 있었던가.

우리는 살아가면서 수많은 질문을 주고 받는다.

'편견 혹은 선입견.'

대부분의 사람들은 이것을 바탕으로 타인에게 질문을 한다. 물론 자신이 예상하고 정해놓은 답이 있다. 그 답이 나올 때까지 질문은 계속된다. 믿지도 않을 거면서, 이리저리 돌려가며 묻는 질문들. 그들의 기대에 충족되지 못하는 대답은 변명 혹은 개운치 못한 속내로 간주된다. 그렇다면 편견 혹은 선입견은 모두 부정적이라고 과연 말할 수 있을까.

작가는 소설 '믿지도 않을 거면서'를 통해 편견을 갖고 있는 상대에게 날카롭게 도전하는 사람, 그것을 적절히 활용하며 안주하는 사람, 그 존재에 아랑곳없이 유연하게 살아가는 사람, 이들이 세상을 살아가는 방식에 대해 이야기한다. 작가는 불편할 소재일 것이라는 '편견과 선입견'의 편견을 가볍게 무시하며 줄곧 편안하고 다정하게 때론 유쾌하게 등장인물을 표현했다. 그는 "세상을 살아가는 데 쉽게 걷어낼 수 없는 것이 '편견'이라면, 그것을 현명하게 대하는 방법 그래서 상처받지 않게, 스스로 위로할 수 있는 경험을 느끼게 해주고 싶었다"며 이 소설의 의도를 밝혔다.

동네에서 작은 백반집을 운영하며 살아가는 '찬욱'. 그가 이십여 년 간 지녔던 애처로운 사연으로 인해 동네 사람들에게 꾸준한 동정과 위로를 받으며 생활을 꾸려갔다. 어느 날 찬욱에게 학생 '정원'이 다가오면서 자신의 익숙함을 흔쾌히 '베풂'으로 발전시킨다. 건조했던 그의 생활에서 소소한 웃음과 기름진 행복이 발견되고 상대를 위로하는 법까지 배우지만 곧 '믿지도 않을 일'들과 '믿기지 않은 마음'을 경험해야만 하는 현실과 마주한다.

동정을 건네는 사람은 반드시 행복한가 아니 상대보다 더 나은 걸까.

위로를 받는 사람은 불행한가. 상대보다 못한 위치이기에 묵묵히 받아야만 하는 걸까.

행복해도 그것을 감히 말할 수 없는 사람, 불행하다 말해도 믿어주지 않는 시선으로 지쳐버린 사람이 만나 서로에게 건네는 사랑, 위로, 동정, 그리고 우정을 이야기하는 소설 '믿지도 않을 거면서'가 2018년 가을, 독자들과 만난다.

By 에스엠스퀘어 출판부.

믿지도 않을 거면서

초판 인쇄 2018년 10월 1일
초판 발행 2018년 10월 13일

글 문경룡

편 집 위북스
교 정 위북스
디자인 이현정
인 쇄 위북스

펴낸이 문경룡
펴낸곳 에스엠스퀘어(SM SQUARE)
등 록 제 2017-000159 호
www.smpublication.co.kr

ISBN 979-11-959181-3-3 03810

ⓒ 2018 에스엠스퀘어(SM SQUARE). All Right Reserved.

이 책은 저작권법에 따라 보호받는 저작물이므로 무단전재와 복제를 금합니다.
이 책 내용의 전부 또는 일부를 사용하려면 반드시 저작권자와 에스엠스퀘어에게 서면 동의를 받아야 합니다.